Susanna Tamaro

OGNI PAROLA È UN SEME

Rizzoli

Proprietà letteraria riservata
© *2005 RCS Libri S.p.A., Milano*

ISBN 88-17-00652-1

Prima edizione: marzo 2005

Ogni parola è un seme

In principio era il Verbo

GIOVANNI 1,1

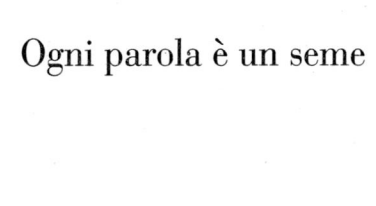

Ogni parola è un seme

I

Da qualche tempo a questa parte mi trovo a pensare sempre più spesso alle sogliole. Mi accade mentre cammino per strada o nel breve attimo di sospensione della coscienza che precede il sonno. Non alle sogliole già cucinate, nel piatto, ma a quelle vive, celate con il loro colore mimetico sul fondo del mare. Chi è abituato a usare la maschera subacquea, sa che sono difficili da individuare, ci si accorge della loro presenza solo per il lieve e regolare movimento che compie la sabbia sui loro corpi. Visibili sono solo gli occhi, uno accanto all'altro. Sono infatti gli occhi – e non i denti o le pinne o la struttura aerodinamica del corpo – a permettere a questo timidissimo esemplare di sopravvivere comandando le modifiche cromatiche del manto, individuando i pericoli e segnalando l'avvicinarsi di possibili prede.

Non molti sanno però che la sogliola, similmente agli altri pleuronettiformi, non viene al mondo piatta, come noi la conosciamo, ma con una forma dorso-ventrale, come tutti gli altri pesci. Alla schiusa, la larva si fa trasportare dalla corrente, poi, appena il corpo prende consistenza, inizia a nuotare regolarmente, movendo la coda. Soltanto quando cominciano a plasmarsi le interiora si compie l'incredibile: l'intestino forma un'ansa che chiama a sé il resto del corpo. La prima a spostarsi è la bocca, seguita dalle ossa craniche, per ultimi migrano gli occhi.

Se Hans Christian Andersen avesse conosciuto la biologia della sogliola, di sicuro le avrebbe dedicato una fiaba di struggente tristezza e i pleuronettiformi, accanto alla sirenetta, al cigno e al soldatino di stagno, avrebbero raggiunto fama mondiale. Tutti si sarebbero commossi davanti a un destino così crudele che fa nascere una creatura a forma di pesce per poi trasformarla in un tappeto volante.

Leggendo i giornali, guardando la televisione, parlando con le persone, ho la netta impressione che anche nel nostro cosiddetto mondo civile sia in corso un processo di "sogliolamento". L'inizio del fenomeno non è recente, risale ad almeno tre secoli fa, ma il germe che ha dato il via a questa evoluzione è antico come l'uomo, da sempre vive nel suo cuore, ci parla con la voce rassicurante di chi dà buoni consigli. Proprio ascoltando queste voci suadenti, piano piano, con costanza e caparbietà, siamo riusciti a ottenere ciò che solo alcune specie di pleuronettiformi, in tutto il mondo vivente, hanno raggiunto.

La bocca sta ancora al suo posto e così il naso, ma gli occhi si sono spostati, invece di muoversi e scrutare lo spazio circostante, sono fissi unicamente in avanti, al minuscolo orizzonte raggiungibile da mani e braccia, puntati su tutto ciò che si può prendere, afferrare, possedere. Il nostro sguardo ormai riesce a percepire una dimensione soltanto, quella della materia. Finalmente ce l'abbiamo fatta! Siamo una cosa, soltanto una cosa, felicemente immersa tra le altre cose. Al pari degli scimmioni di *2001: Odissea nello spazio*, danziamo in circolo con le ossa in mano, ripetendo ossessivamente dei suoni che abbiamo imparato a modulare e che ci permettono di stare nel branco.

Ruben, il protagonista del mio primo libro, *La testa tra le nuvole* – un romanzo onirico, fantastico – a un certo punto viene colto da una implacabile ossessione e, per soddisfarla, va incontro a tragiche disavventure.

La sua ossessione era naturalmente la mia. Da quando ho memoria di me stessa, ricordo di essermi interrogata sulle parole. Stavo seduta sul pavimento e toccavo le gambe del tavolo. Questa cosa scura con quattro gambe e un tetto si chiama *tavolo*, mi dicevo, perché tutti lo chiamano così, ma se io lo chiamo *votalo* è sempre un tavolo? Perché nell'altra lingua che parla la nonna si chiama *Tisch* ed è sempre un tavolo? Cosa c'entra il nome con l'essenza della cosa? Quanto ha a che fare il nome con la verità?

Da piccola, passavo lunghi pomeriggi concentrata, in silenzio, a domandarmi queste cose. A volte sentivo un tale sfinimento che mi mettevo a piangere. Se qualche adulto passava di là e mi chiedeva: Perché piangi?, rispondevo immancabilmente: Non lo so!

Effettivamente, non lo sapevo. Avevo l'impressione di sprofondare in una specie di palude, di melma. Il groppo in gola era malinconia, impotenza. Vedevo una scorza opaca avvolgere le cose e i volti, intuivo che quella scorza era come la porta di Ali Babà, serviva a nascondere uno straordinario splendore, ma a differenza di Alì Babà, ahimè, non conoscevo la parola magica in grado di aprire il passaggio segreto.

Con l'ingresso nella scuola, ho lasciato le parole per occuparmi delle cose. Nessun amore per la poesia, nessun esercizio di bello scrivere, tutto quel lato dell'insegnamento mi sembrava di una noia mortale. Mi interessava piuttosto sapere come aveva fatto Dio a creare il mondo in sette giorni: i fiori e le erbacce, le formiche, le farfalle, le coccinelle, insomma le forme di tutto, come aveva fatto ad immaginarle?

A metà degli anni Sessanta, non si parlava di evoluzione o cose simili ai bambini, così ho dovuto arrangiarmi da sola. Per un com-

pleanno, i nove anni credo, ho ricevuto un libro dal titolo *Scienze Naturali*, e lì il mistero
in parte si è illuminato. Le cose erano avve-
nute un po' per volta, per prime si erano formate le pietre, l'acqua, le nuvole e poi, lentamente, tutto il resto. Disegni colorati illustra-
vano il lento processo che si era svolto in milioni di anni, dai trilobiti alle scimmie.

Per qualche tempo, quelle letture mi avevano placato. Una notte, però, mi sono sve-
gliata di soprassalto con una domanda. Cosa
era successo alle scimmie? Perché, a un tratto,
avevano cominciato a lavarsi i denti, a vestir-
si, a guidare le auto? Non solo *perché*, ma *in
che modo* lo avevano fatto? Era successo loro
come a Pinocchio, che, dopo essere uscito dal
ventre della balena con il padre, un giorno al
risveglio si era visto non più di legno ma di
carne.

II

È stato circa trenta milioni di anni fa che la linea degli ominoidi si è divisa in due branche differenti: quella degli *ominidi* e quella dei *pongidi*. Dai pongidi sono discese le scimmie che ci somigliano, scimpanzé, oranghi, gorilla e gibboni; dagli ominidi siamo discesi noi, gli esseri umani.

A quei tempi vivevamo tutti felici sugli alberi, poi la selezione naturale ha fatto rimanere lassù solo i piccoli gibboni, mentre noi e i nostri cugini siamo piombati a terra, perdendo l'agilità piena di grazia che ci faceva volare, apparentemente senza peso, di ramo in ramo.

Ma perché mai abbiamo abbandonato gli alberi che ci davano riparo, frescura e nutrimento?

I pongidi pare siano scesi a terra per eccesso di peso, le ossa erano diventate pesanti e corte, i rami hanno cominciato a spezzarsi, così, invece di continuare a precipitare dai rami, hanno preferito calarsi e camminare sul suolo.

Ma gli ominidi?

Se mettiamo una persona vicina ad un gorilla ci rendiamo subito conto della differenza. Per quanto possiamo essere obesi, non saremo mai così pesanti. Le nostre ossa sono lunghe e leggere, la nostra spina dorsale – unica nel mondo vivente – segue una direzione costante dal basso verso l'alto. La schiena dei nostri cugini non ha la stessa verticalità, tende piuttosto a incurvarsi seguendo in qualche modo la linea di equilibrio delle braccia, è questo che li rende simpaticamente goffi quando camminano.

Dunque noi non eravamo pesanti, ma siamo ugualmente scesi dagli alberi.

A questo punto i "pare che" diventano fitti come le liane in una foresta del Miocene. Pare che un abbassamento delle temperature abbia diradato gli alberi e questa riduzione abbia costretto i nostri antenati a scendere, per spostarsi da un bosco all'altro. Pare che i gibboni non abbiano sofferto per questo diradamento, dato che nel 2004, mentre noi navighiamo in un mondo di missili, shuttle, cyber robot e cloni, loro se ne stanno ancora lassù spensierati, lanciandosi da un ramo all'altro.

In ogni caso, noi siamo scesi e abbiamo cominciato a camminare, anzi a correre, perché le radure all'epoca non erano affatto luoghi rassicuranti, esistevano già i grandi carnivori e avevano sempre una fame tremenda. Pare che la selezione naturale abbia favorito la nascita di un piede adatto alla corsa e l'attitudine, tipica degli erbivori, a considerare la fuga come unica via di salvezza.

Così, per parecchi milioni di anni, gli ominidi corrono. Molti vengono divorati da tigri dai denti a sciabola e da altre belve dell'epoca. Soltanto qualche milione di anni fa, i sopravvissuti diventano "uomini".

Che cosa fanno di così importante da meritarsi un tale titolo? Cominciano a fabbricare degli strumenti, a tenere la testa eretta, possiedono una mandibola diversa da tutte le altre scimmie, capace di modulare l'urlo, di articolarlo, di trasformarlo in parola. Sono i resti fossili dell'*australopithecus paleojavanus* a registrare queste prime inquietanti modifiche. Il cervello è ancora ristretto, 600 cm cubici, praticamente come quello di un gorilla. È piccolo, ma già pieno di progetti ambiziosi.

Nell'ominide sceso dagli alberi la scatola cranica poteva contenere circa 300 cm cubici. In 29 milioni di anni la capacità raddoppia, 600 cm cubici. Anche l'ambizione cresce. In solo mezzo milione di anni, un altro balzo: da 600 a 1400. Una vera e propria esplosione evolutiva.

Ma a questo fenomeno è legato un fatto singolare: le dimensioni del corpo non mutano. Per la legge delle proporzioni, con una testa così ci saremmo dovuti innalzare oltre i tre metri a competere con le giraffe per raggiungere i germogli più teneri. Invece no, siamo rimasti modestamente piccoli, senza nessun particolare talento. Rispetto agli altri esseri che la selezione ci ha messo accanto, siamo mediocri in tutto, corriamo più lenti, saltiamo di meno, la nostra forza è irrisoria confrontata a quella degli orsi e delle tigri. Però abbiamo la schiena dritta; la nostra mano ha il pollice opponibile, la mandibola e la lingua lavorano insieme. Invece di suoni inarticolati, emettiamo parole.

Ecco, l'ossessione di Ruben ne *La testa tra le nuvole* era proprio questa: qual era stata la prima parola? Per milioni di anni l'uomo aveva emesso solo grugniti e poi...? Cos'era uscito, nella notte dei tempi, da quella bocca?

Immagino una notte feroce del Pliocene. Una notte di versi terrificanti, di grida, di soffi e di urla. Sento l'odore forte e umido del bosco. Le stelle sono lassù, fredde e indifferenti, e così la luna. Poi la luna lascia il posto al sole, i suoi raggi penetrano nella foresta, creando dei chiaroscuri, l'umidità evapora, si trasforma in nebbia ed ecco: il cugino dei pongidi esce dal suo nascondiglio e si incanta a vedere tutto questo. Sente qualcosa salirgli lungo la gola, apre la bocca e... e...

Cosa sarà successo? Si sarà spaventato? Si saranno spaventati gli altri? Oppure, semplicemente gli avranno risposto?

III

Devo essere onesta, ormai non sopporto più gli zelanti burocrati del sogliolamento. Non sopporto più le loro facce serene, distese, le loro frasi piene di risposte certe. I beffardi ma benevoli sorrisetti con cui sbeffeggiano chiunque non la pensi come loro. Le cose sono andate così, affermano. Certo, ancora non sappiamo precisamente in che modo, ma è solo questione di tempo. Tutti gli enigmi verranno risolti. In un periodo compreso tra i 20 e i 10 miliardi di anni fa c'è stato il *Big Bang*, la grande esplosione primordiale che ha dato inizio all'universo e a tutto ciò che esiste. Procedendo per tentativi ed errori, secondo le leggi del caso, si sono aggregate le prime forme di vita dalle quali, per processi che saremo presto in grado di spiegare scientificamente, siamo nati noi, esseri umani. Ogni forma di vita si evolve o si estingue. Anche noi facciamo parte di questo grande gioco. Il caso getta i dadi, a noi rimane solo di essere pedine, muoverci avanti e indietro, per poi sparire nel nulla. Le cose sono andate così e in nessun altro modo. Non per gli uomini intelligenti, almeno, non per le persone colte, che vivono al passo coi tempi. Lasciamo agli Amish, agli agricoltori dell'Illinois che guidano i trattori con la Bibbia in mano, agli adepti delle sette, che poi si suicidano in massa, l'idea puerile e reazionaria che l'universo, invece di farsi da sé, è stato creato da qualcuno che l'ha prima immaginato e poi plasmato.

Non sopporto i burocrati del sogliolamento, perché, con un lavoro incessante, servendosi di tutti i mezzi possibili di divulgazione in ogni campo dello scibile, senza mai gesti eclatanti, sono riusciti a convincere molti altri esseri umani che tra loro – cioè tra noi – e il mistero non ci sia alcun tipo di relazione. Tra noi e la vita splende sempre il sole, non esistono angoli bui né corpi che proiettano ombre, a parte quelle programmate dalla geometria dei solidi. Tutto ciò che ci pare oscuro, lo è soltanto perché la nostra mente è ancora troppo arretrata e proietta i suoi timori ancestrali sulla pura e assoluta capacità logica.

La chimica e la fisica reggono l'universo e su questo, naturalmente, non si può che concordare. Ma la chimica e la fisica, ci viene detto, reggono anche la nostra vita individuale. Se ci innamoriamo di quel tal giovanotto, non è perché in lui, che so, riconosciamo delle qualità che ci turbano nel profondo o perché le sue parole ci emozionano. No, ci innamoriamo unicamente perché, stando pericolosamente vicini, i nostri ormoni sessuali – i feromoni – si incontrano, provocando quello stato di trance biochimica che si chiama, appunto, innamoramento. È ancora la chimica poi, con i capricci stagionali dei nostri umori interni, che ci allontana per sempre da una persona e ce ne fa trovare un'altra. Cos'altro possiamo fare, se non ubbidire? È la materia di cui siamo costituiti a determinare i nostri desideri, nient'altro. Immaginare un diverso orizzonte vorrebbe dire inseguire i mulini a vento, come don Quijote con il suo fido Sancho Panza.

Una vita senza mistero è una vita drammaticamente povera. Conoscendo la ragione di ogni cosa, si restringono sempre più le possibilità di provare emozioni, di trasformare queste emozioni in sentimenti.

La vita senza mistero è una grande pianura con un cielo grigio, basso. Si può camminare per ore, per giorni e non si vedrà mai nulla di diverso da una sterminata e piatta distesa d'erba, non si incontrerà mai qualcosa capace di farci sobbalzare, niente che provochi in noi quel moto dell'animo meraviglioso e gratuito che si chiama stupore.

Una vita senza mistero è una vita priva di poesia, incapace di accogliere profondamente la bellezza. Una vita che si guarda allo specchio e, rimirandosi, non è più in grado di farsi domande.

È Narciso la piccola divinità che domina i nostri tempi.

Mi guardo per ammirarmi, per compiacermi, perché gli altri mi apprezzino. Sono come si deve essere? Abbastanza magro? Sufficientemente trendy? Eroticamente seducente? Proveranno abbastanza invidia gli altri nel vedermi?

Esisto, insomma, per essere visto. E per quale altra ragione, poi, dovrei esistere? Apparire e vivere ormai sono considerati sinonimi. Allo stesso modo l'uscita di scena diventa scomparsa. Non moriamo più, non passiamo a miglior vita: semplicemente scompariamo così come, nel disordine di una stanza, spariscono gli oggetti.

Nell'immaginario comune, l'anima ha cessato di esistere e, in questa sua cancellazione, ha trascinato con sé anche la sua amica del cuore, la coscienza.

Anima e Coscienza. Le ho sempre immaginate come due signorine un po' demodé, che, a braccetto, se ne vanno a spasso sul corso, il sabato pomeriggio. Camminano e non passa istante che una non bisbigli qualcosa all'altra. L'orecchio a cui erano destinati i loro sussurri era quello dell'uomo, ma ormai quell'organo, nonostante il progredire degli apparecchi acustici, è diventato sordo, così parlano soltanto tra di loro, vagando sempre più incerte e smarrite alla ricerca di qualcuno che le adotti, come i cani abbandonati sull'asfalto incandescente di agosto.

L'esilio dell'anima e della coscienza ci ha trasformati in contenitori vuoti. O meglio in recipienti per cose inutili. Se posso immaginare, in modo fantascientifico, un processo biologico che esplichi questo cambiamento, lo visualizzo nella costituzione di un robusto esoscheletro. Le ossa interne si sono dissolte nei muscoli e così, perché l'organismo possa continuare ad esistere, l'evoluzione, procedendo per tentativi, ha ispessito il derma fino a trasformarlo in un robusto tegumento chitinoso, qualcosa di simile alla corazza dei coleotteri, per intenderci.

È questo rivestimento protettivo, con i giusti snodi articolari, che ci permette di esistere e di muoverci. Evolutivamente parlando, è anche più pratico della pelle perché, tanto l'epidermide è fragile, feribile, lacerabile, altrettanto la corazza è robusta, antigraffio, antiurto e in più ha il vantaggio che, una volta "scomparsi" e prosciugati i liquidi fisiologici, diviene incredibilmente leggera e basta un bel colpo di spazzolone per eliminarla, come ben sapeva Gregor Samsa, il protagonista del profetico *La metamorfosi* di Franz Kafka.

Il tegumento evolutivo naturalmente non esiste, ma tutta la ricerca più avanzata non lavora forse per renderci sempre meno soggetti all'usura del tempo? Ogni giorno, sulla stam-

pa, si leggono titoli sensazionalistici del tipo:
"Scoperto nei topi il gene dell'immortalità",
"La vita umana giungerà fino a centovent'anni", "Ogni organo ed ogni articolazione saranno presto sostituibili".

È proprio così, saremo giovani per sempre,
o meglio lo sarà chi potrà pagarsi le cure e i
trapianti. La nostra vita durerà molto a lungo, senza più l'umiliazione dei pannoloni, delle dentiere. Danneggiata una parte del corpo,
verrà sostituita subito da un'altra, artificiale o
appartenuta precedentemente a qualche gen-
tile donatore. La nostra esistenza diventerà
allora come quelle partite che vanno ai tempi
supplementari e sembrano non finire mai.

Avete mai visto le patelle abbarbicate agli
scogli? Avete mai provato a staccarle con la
forza delle sole dita? Impossibile. Stanno lì,
beate, facendosi accarezzare dalle onde e, a
meno che non abbiate le unghie di un formi-
chiere, non cedono neanche di un millimetro.
Per la patella, lo scopo supremo è restare at-
taccata. La stessa cosa accade agli esseri
umani con la vita e questo, oltre che naturale
è più che comprensibile, perché la vita, vissu-
ta nella sua pienezza, è un percorso straordinario.

Ma un'esistenza caparbiamente concentrata soltanto sui suoi processi fisiologici, che si
sviluppa e si concepisce soltanto in funzione

autoreferente, senza nessun altro orizzonte da raggiungere che non sia quello della durata, si può definire davvero tale?

La specificità dell'essere umano non è forse quella di interrogarsi? E la prima domanda, quella che poi pone il fondamento di tutte le altre, non è quella sulla propria fragilità?

La patella nasce assumendo ben presto la sua forma definitiva, tra un esemplare giovane e uno adulto non c'è praticamente nessuna differenza. Il suo cervello è poco più dell'ingrossamento di un ganglio nervoso ed è preposto al nutrimento e alla riproduzione organizzando, secondo le esigenze dello spazio in cui la patella è costretta a vivere, il richiesto cambiamento di sesso. La cosa più importante per lei, infatti, come per la maggior parte degli organismi, è la riproduzione e, non potendo andare per bar e discoteche, deve accontentarsi di chi le nasce accanto e diventare maschio o femmina, secondo la necessità del momento.

A noi come a tutti gli animali superiori – mammiferi e uccelli – l'evoluzione, invece di un ganglio ispessito, ha dato un vero e proprio cervello. Un cervello che, a un certo punto, però, ha fatto "ciao ciao" con la manina, ha dato gas e ha lasciato alle spalle tutti gli altri. Addio oranghi, addio cornacchie!

Il nostro non è il più grande cervello esistente, ma è sicuramente il più complesso. La qualità vince sulla quantità, e questo già dovrebbe suggerire una specie di lezione. Abbiamo lasciato gli altri esseri viventi alle spalle quando in noi si sono sviluppati i lobi temporali – che contengono il linguaggio – e i lobi frontali – che sovraintendono al pensiero astratto. E questo non è avvenuto con una bacchetta magica, ma con una modificazione genetica che ha rallentato lo sviluppo embrionale. A un certo punto dell'evoluzione, sono nati bambini con teste più grandi di quelle dei maialini.

Pare che la capacità di parlare sia stata promossa da una necessità adattiva alla caccia. Pare che – deboli e poco pelosi come eravamo in un mondo di feroci predatori – abbiamo dovuto organizzarci in gruppo per cacciare. Pare che la prima parola sia esplosa spontaneamente, per comunicare necessità venatorie: Più a destra! A sinistra! Aspetta! Circonda! Prendi la clava!. (Anche le leonesse comunque cacciano in gruppo e comunicano benissimo tra loro, con semplici movimenti della coda.)

In ogni caso, i lobi temporali ci davano la possibilità di dire: Prendilo!, i lobi frontali di immaginare come avremmo catturato la prossima preda.

La parola e il talento di progettare sono le due capacità specifiche del genere umano. Sono nate, sembra, per la caccia, ma poi si sono trasformate in qualcos'altro. Con la parola comunico abilità, con il progetto converto l'abilità in processi sempre più complessi.

La parola può costruire e può anche distruggere. Dopo trent'anni di matrimonio, un marito e una moglie possono dirsi soltanto: Passami il sale e va' all'inferno! ma possono anche confermarsi sul lungo cammino fatto insieme con parole come: Ti voglio bene come il primo giorno, anzi di più...

IV

Alcuni inverni fa, in seguito a una malattia, ho dovuto trascorrere un paio di mesi in stato di totale inattività. Ero troppo stanca per leggere e così, tra il letto e la poltrona, ho guardato molto spesso la televisione. Andava in onda, in quel periodo, una delle serie del *Grande Fratello* e ho avuto modo di seguirlo quasi per intero, dal rito dell'ingresso collettivo fino alla liberazione dei prigionieri vincitori.

All'inizio, forse a causa del mio stato di prostrazione, la trasmissione aveva su di me un effetto ipnotico. Non riuscivo a staccarmi dalla casa e, se mi capitava di appisolarmi un po', mi svegliavo di soprassalto, sicura di aver perduto qualche fatto saliente.

Per tentare di comprendere una forma così ansiosa di attesa devo precisare che, per anni, prima di vivere con il mio mestiere di scrittore, mi sono mantenuta realizzando documentari scientifici, soprattutto sul comportamento degli animali. So così, per esperienza, che è proprio negli istanti in cui si è distratti che accadono le cose più interessanti. Si può stare per ore immobili, sotto il sole o nascosti tra le frasche, aspettando che dei fenicotteri si levino in volo, che una biscia si unisca al suo compagno o che una volpe mangi un topo, poi nel momento esatto in cui, con ogni cautela, si distoglie l'attenzione, magari per bere o per sbadigliare, *flap*, *sguisch*, *gnam*, succede tutto e non si è riusciti a documentarlo.

Scottata da queste precedenti esperienze, temevo di poter perdere, durante i miei frequenti torpori, qualche straordinario snodo drammaturgico. Soltanto dopo un paio di settimane di diligente osservazione, mi sono resa conto che non accadeva nulla e che niente, in futuro, sarebbe mai avvenuto.

Seguendo il proprio ritmo biologico, il gruppo dei prigionieri volontari si spostava dai ricoveri notturni alle zone di approvvigionamento alimentare, per poi lasciarsi cadere stancamente sui divani e sulle sdraio disseminati ovunque. Nei momenti di maggior attività, i giovani maschi, con i pettorali bene in vista, si tuffavano in una pozza d'acqua, seguiti dalle giovani femmine eccitate da quel turbamento ormonale che precede l'estro. Per circa metà delle trasmissioni, ho ascoltato i bisbigli, i soffi, i mormorii e i commenti che venivano scambiati da un divano all'altro.

«Dici che gli piaccio?...» «Lo fa solo per ingelosirmi?» «Ci è o ci fa?...» «Secondo me è solo uno str... *bip*...» «Sai quanti ne conosco così...» «Lei è proprio una gattamorta.» «No, è una vera tr... *bip*...» «Si sente molto macho. Vuol fare il capo, chiaro. Ma chi si crede di essere? Un pezzo di mer... *bip*.»

Era una specie di disco, un mantra dal movimento circolare intriso di secrezioni delle ghiandole endocrine, delle surrenali, delle gonadi, delle ovaie.

Stufa di questa monotonia, ho spento l'audio. Stavo ormai meglio e avevo ripreso a leggere un poco. Scorrevo così il giornale buttando un occhio al video. Proprio alternando queste due attività mi sono resa conto, a un tratto, del tipo di spettacolo al quale stavo assistendo.

Non era altro che un documentario su un branco di pongidi. Si trattava di esemplari osservati nell'età di passaggio dell'adolescenza. La forza della riproduzione era già attiva, ma non si erano ancora manifestate le responsabilità che spettano al pongide adulto. Non erano nati dei cuccioli, non c'era necessità di nutrirli né di difenderli. Ci si poteva dunque trastullare presso le sorgenti d'acqua, gonfiando i pettorali, mostrando i denti, esibendo i glutei a indicare la sottomissione copulatoria.

Dopo più di due mesi di osservazioni naturalistiche, avevo la netta impressione che si fosse formata, intorno a me e ai miei pensieri, una pellicola invisibile, una specie di patina di sporcizia, non molto diversa da quella che si sente addosso dopo aver guidato il motorino in una città inquinata come Roma.

Quei pongidi – di cui ormai conoscevo così bene l'etologia – sapevano, seppur in modo limitato, aprire la bocca e parlare, sapevano accendere il fuoco e cuocere gli alimenti, usavano lo scolapasta, erano in grado anche di servirsi di strumenti complessi come l'apribottiglie e dunque non erano affatto scimmie, bensì – in tutto e per tutto – esseri umani.

Si sa che, nell'evoluzione, non tutto ancora è chiaro. A tratti una teoria che sembra confermare e completare quella precedente, pare in un'altra occasione contraddirla. L'evoluzione può favorire quelle modifiche casuali che permettono al portatore e alla sua discendenza una maggior possibilità di sopravvivenza. Ad esempio, un giorno è nato un erbivoro col collo più lungo degli altri che gli permetteva di cibarsi delle foglie delle acacie, altrimenti irraggiungibili. La giraffa.

L'evoluzione può dunque procedere in diversi modi: gradino dopo gradino, per tentativi ed errori, o attraverso balzi inspiegabili. Può anche imboccare dei vicoli ciechi. Credere, per esempio, che una mutazione sia vantaggiosa – e magari fino ad un certo punto sembra esserlo – ma poi, per fattori che non sono prevedibili, il vantaggio si tramuta in svantaggio e l'evoluzione di quell'organismo – la sua stessa esistenza – si blocca.

Non è mai successo, però, che il processo evolutivo abbia imboccato una curva a gomito e sia tornato indietro, ripercorrendo la strada già fatta. Non credo, cioè, che gli ominidi siano diventati uomini per poi ritornare ominidi, in un assurdo gioco dell'oca.

Ma come spiegare altrimenti questa drammatica caduta del linguaggio? Se qualche volonteroso studente volesse fare una tesi, studiando la quantità e la qualità delle parole usate nel *Grande Fratello* e negli altri *Reality Show*, farebbe di sicuro un lavoro interessante. Quanti vocaboli usano i protagonisti di questi appuntamenti quotidiani? Duecento? Trecento? E quanti tipi di argomenti affrontano? Apparentemente sono tre: sesso, ego, gerarchia, cioè potere nel gruppo. Ce ne è un quarto, più nascosto ma sicuramente più potente, che è il denaro. Perché mai, altrimenti, si accetterebbe di stare chiusi in uno spazio ristretto, così a lungo, gomito a gomito con degli sconosciuti? I topi sottoposti a esperimenti simili danno segni di stress quasi immediato e in poco tempo, senza tanti complimenti, cominciano a divorarsi l'un l'altro.

Tra tutte le forme del pensare e del sentire, il moralismo è quella che più mi è estranea. Non amo chi giudica, chi bacchetta, chi – in nome di qualche principio a lui sacro – impone e dispone comportamenti obbligati. Partecipare volontariamente a un gioco non ha niente in sé di negativo e il premio finale in denaro si promette anche nelle più innocenti tombole. Non si fa male a nessuno, insomma, e, magari per un po', ci si distrae dalla monotonia quotidiana. Forse un giorno lontano, durante il pranzo domenicale, si potrà dire ai propri nipotini: «*Il Grande Fratello*? Io c'ero...» e i pargoli pigoleranno intorno: «Dài, nonno, racconta!». Oppure, nel malumore adolescenziale, sbufferanno: «Che palle! Ce lo siamo già sciroppato mille volte!».

Ogni periodo storico ha la sua epica da tramandare. Quella della mia infanzia era alimentata da racconti dei nonni che avevano combattuto sul Carso ed erano marciti nelle trincee. Una volta all'anno andavamo in pellegrinaggio a Redipuglia o all'ossario di Oslavia per contemplare i nomi di tutti quelli che non avevano fatto in tempo a diventare nonni e, in gran parte, neanche padri. Invece di dire "uffa" o "racconta", restavamo rapiti in un triste silenzio, senza osare fare domande.

Nel 2050, il nonno catodico racconterà con un filo di emozione nella voce: «Eravamo dodici in una finta casa e non facevamo niente tutto il giorno, stavamo sulle sdraio, sui divani a chiacchierare...».

Fatta questa premessa necessaria, non posso nascondere che considero *Il Grande Fratello* e tutti i *Reality Show* perversamente abominevoli. Non per il linguaggio scurrile, per il sesso, per il denaro, per le conversazioni di bassissimo livello, ma perché l'insieme di tutti questi fattori mostra come profeticamente dilagante un nuovo tipo di essere vivente: l'uomo senza spina dorsale.

Abominio! Parola arcaica, desueta, poco consona alle buone maniere, ai balletti del *sì*, *però*, *comunque*. Parola invece a me cara, anzi carissima. Abominio, dal latino *abominari*: respingere un presagio.

V

Da quando ho una casa mia, cioè dal 1998, mi occupo principalmente di seguire la crescita degli alberi. Non si pianta un alto fusto se non si ha un terreno sul quale farlo crescere né dei nipoti a cui dire: «Quando sarà alto più della casa, io già lo guarderò dal cielo e sarai tu ad occupartene».

A venti, trent'anni, anche se avessi avuto della terra, non mi sarebbe mai venuto in mente di piantare degli alberi. Il mondo delle piante mi risultava piuttosto indifferente, se non addirittura irritante. Preferivo di gran lunga gli animali.

Mi sono dovuta ricredere intorno ai quarant'anni, quando ho visto schiudersi sotto i miei occhi un pinolo da cui usciva il primo tenerissimo ago di un pino marittimo.

Gli alberi e le piante sono forme di vita straordinarie. Solo lo sguardo superficiale della giovinezza mi aveva fatto ritenere impossibile un rapporto con loro. Quando si convive con diverse specie, si scopre che anch'esse godono di un carattere individuale: ci sono i malaticci, i prepotenti, i solitari, i tormentati e i generosi.

Dopo anni trascorsi consultando libri di giardinaggio ho deciso che era meglio metterli in cantina. Gli alberi, non diversamente dai bambini, richiedono soprattutto attenzione e pazienza. Si deve coprirli se hanno freddo, dargli da bere quando hanno sete, cospargerne con un po' di letame e di cenere le radici quando si sentono spossati. Bisogna imparare a conoscerli, perdere tempo con loro, avere l'umiltà di ascoltarli.

Dobbiamo soprattutto imparare a essere loro grati, perché da essi dipende la nostra esistenza. Non solo adesso, perché ci permettono di respirare e di mangiare, ma fin dalla notte dei tempi, quando comparvero, nel brodo primordiale, alcune premonere – forme di vita anteriori all'evoluzione del nucleo cellulare – in grado di "nutrirsi" della luce con l'aiuto di un composto verde fotosensibile, la clorofilla, trasformando l'anidride carbonica e l'acqua in nutrimento. Uno dei prodotti finali della fotosintesi è l'ossigeno molecolare, un gas che si combina facilmente con le altre sostanze. È stata proprio la sua capacità di legarsi a provocare una delle più grandi rivoluzioni della vita, quella dell'ossigeno, che ha trasformato l'atmosfera densa di ammoniaca, metano e acido cianidrico in quella attuale, costituita prevalentemente da anidride carbonica, azoto, vapore acqueo e ossigeno molecolare.

Attraverso la complessità di un processo evolutivo, l'energia luminosa di cui si nutrono le piante alla fine sostiene anche noi. La nostra biosfera si regge proprio sulla fotosintesi. Esistono, certo, anche forme di vita che si manifestano nell'oscurità, come la fauna ipogea, ad esempio, ma si tratta di adattamenti estremi riguardanti alcuni organismi di straordinaria vitalità che si adeguano a qualsiasi habitat, per quanto bizzarro e inospitale esso sia. Basta guardare un *proteus* – un anfibio urodelo – o una gru coronata, dalla splendente cresta dorata, per rendersi conto delle differenze abissali che la luce crea nei diversi esseri viventi.

Tutto ciò che esiste deve la sua sussistenza alle emanazioni di quella grande stella che si chiama sole. Quando il sole, fra cinque miliardi di anni, esploderà trasformandosi in una gigante rossa per poi collassare in una nana bianca, trascinando nel vortice i pianeti più vicini, la grande meraviglia che era la nostra piccola terra tornerà ad essere quello che probabilmente è stata prima: un sasso calvo che gira silenzioso nello spazio.

Dal sole ormai pensiamo solo a difenderci, per via dei buchi che abbiamo prodotto nell'ozono. Ci proteggiamo in tutti i modi, con occhiali supertecnologici, cappellini, magliette, con costosissime creme che poi inquinano il mare. Ci offriamo a lui come fanno i peperoni, i pomodori, le albicocche, per maturare e cambiare colore. Gli affidiamo i nostri corpi ma non i nostri pensieri e, tra questi, l'unico che salva, che guarisce. Siamo figli della luce, ma lo dimentichiamo troppo spesso.

Nel mondo del sogliolamento, le uniche luci sono quelle che si accendono e si spengono con la pressione di un dito su un interruttore, un timer o un telecomando. Le luci della ribalta, del varietà, del tubo catodico, del lettino abbronzante.

Nel mondo in cui il mistero non esiste – o se anche viene ammesso, è considerato transitorio perché presto la scienza sarà in grado di spiegarlo – la luce si trasforma in un fatto puramente pragmatico. Si sa di cosa è fatta, a cosa serve, come interagisce con la chimica degli elementi, la si può riprodurre artificialmente, non c'è una zona buia che non possa venire illuminata. Questa somma di certezze ci mette al riparo da un sentimento estremamente scomodo e desueto almeno quanto l'abominio, ed è lo sgomento.

Per milioni di anni, alzando lo sguardo, contemplando l'apparire silenzioso delle stelle, l'alternarsi del giorno e della notte, lo scatenarsi degli elementi, l'essere umano ha provato sgomento.

Il mistero, infatti, non produce certezze ma

inquietudini e, dal turbamento, nascono le domande. Malgrado le certezze della scienza, che considera la prima parola riferita alla preda, io continuo a pensare, invece che sia stata: "Perché?".

Perché il giorno? Perché la notte? Perché l'inizio? Perché la fine? Perché la fragilità?

Sì, l'essenza dell'uomo si costituisce interrogando. Nessun altro essere vivente è capace di fare altrettanto. Nessun altro è in grado di chiedersi cosa ne sarà – della finitezza, della temporalità – e di farsi domande.

VI

Il nostro codice genetico ci avvicina indiscutibilmente alle grandi scimmie ma, per quanto riguarda la struttura, non siamo molto diversi dagli alberi. A differenza dei pongidi, che procedono curvi, appoggiando a terra le nocche delle mani, noi camminiamo dritti, i piedi ben fissi a terra e la testa in equilibrio sulle vertebre cervicali.

Cresciamo verticalmente, come fanno gli alberi. Anche al nostro interno, in qualche modo, riprendiamo la loro sagoma. A cosa mai somigliano i polmoni, con i bronchi e la trachea, se non a un albero dalla vegetazione compatta? Ed è proprio grazie a questa "forma albero" interna che possiamo respirare e mantenerci in vita.

La posizione eretta è la posizione della dignità. Esprime esteriormente l'unicità dell'uomo tra tutti gli esseri viventi. Unicità statica, meccanica, ma soprattutto spirituale, perché l'uomo cresce in senso verticale, dalla terra al cielo, dalla materia del suolo alla rarefazione dell'aria. Questa sua particolare condizione di creatura anfibia – che vive sospesa tra due realtà – è generatrice di straordinarie dinamiche interiori.

Tutte le tradizioni spirituali di origine orientale ci parlano della spina dorsale come della "strada fisiologica" che conduce all'illuminazione e del profondo legame che esiste tra la posizione del corpo e la rettitudine dell'animo.

La prima cosa che un bravo insegnante di yoga corregge nell'allievo sono gli eventuali vizi della colonna vertebrale. Non si può passare a posizioni più avanzate, se prima non ci si pone in una condizione perfettamente retta.

Nelle arti marziali non c'è efficacia, non c'è potenza se manca la postura giusta. Posso fare salti meravigliosi, lanciare urla da tigre del Bengala, ma se non c'è radicamento, sarò soltanto un bravo saltimbanco. Una persona ben posizionata, difficilmente perde l'equilibrio in combattimento. Nell'allineamento c'è forza, ma non ci deve essere rigidità, richiede concentrazione ma non fissità. Per combattere bisogna essere straordinariamente presenti e, nello stesso momento, assenti. Presenti alle proprie istanze spirituali più profonde, assenti ai pensieri sciocchi che increspano la superficie dell'acqua.

Qualsiasi serio studente di arti marziali sa che il vero nemico non sta di fronte, ma dentro di sé. È lì che si combatte la battaglia campale, quella che farà di noi degli esseri capaci di vincere la paura, di agire sempre e comunque sulla via della rettitudine.

Pur avendo una natura mistica, ho un carattere piuttosto pragmatico. Come naturalista e insegnante di arti marziali, mi piacciono le cose che si costruiscono, che si vedono, che si toccano. Più che tuonare sul degrado dei costumi e sui bei-tempi-che-furono, mi piace guardare i corpi, osservarli. Un'anima che svolazza distaccata da tutto mi pare poco interessante. Sono convinta che l'unicità della creatura umana stia proprio in questo, nell'essere anima e corpo legati in modo indissolubile.

Respingo il presagio dell'uomo del futuro. Quell'uomo i cui tratti salienti ci vengono già abbondantemente e subdolamente mostrati nel presente. La creatura che scardina le leggi dell'evoluzione, percorrendole a ritroso. Che sta rinunciando alla sua dignità e alla sua unicità, per tornare a intrupparsi in compagnia dei pongidi, sdraiato, arrotolato, accartocciato, capace di emettere pochi suoni e tutti rivolti a uno scopo pratico: mangiare, accoppiarsi, difendersi, fuggire il pericolo.

L'essere umano che associa il concetto di evoluzione alla tecnologia da lui stesso prodotta. Che ha cancellato il Cielo dalla sua testa e protende le mani e lo sguardo soltanto avanti, facendo diventare questo spazio sempre più grande, più lungo, più comodo, per illudersi che possa esistere per sempre. L'uomo che nega l'Eternità e impiega tutte le sue forze per essere eterno. Che si è posto a misura di tutte le cose, convinto che questa sia la forma più alta di libertà.

Libertà! Questa è la parola magica che fa battere i cuori, che scatena gli applausi.

Grazie a questa parola – mitica, mistica, intoccabile – gli uomini-aspiranti-ominidi si riuniscono in gruppo, ballano, percuotono tamburi, si sentono leggeri, euforici come lo erano Pinocchio e Lucignolo nel Paese dei Balocchi: senza compiti, senza orari, senza responsabilità, senza doveri, fino al giorno in cui si risvegliarono con orecchie diverse – lunghe, pelose, morbide – e con una bella coda a ciuffo che spuntava dai pantaloni. Solo allora si resero conto che quella libertà inebriante altro non era che l'ingannevole preludio della schiavitù e della morte.

È vero, siamo liberi. Nel ricco mondo occidentale, indicato ormai ovunque come modello da imitare, siamo completamente liberi. Essendoci posti a misura di tutto, secondo la nostra sola fisicità, possiamo compiere tutto ciò che questa unica realtà, e la capacità di manipolarla, ci permette di raggiungere. Soddisfatti i bisogni primari – mangiare, bere, avere un tetto sopra la testa – abbiamo potuto dedicarci interamente al culto spasmodico dei nostri desideri. Accoppiarci, possedere, morire a nostro piacimento, far nascere bambini su ordinazione, del colore giusto, del sesso giusto, venir risarciti – sempre e comunque – per tutto quello che non funziona nel modo in cui noi avevamo immaginato dovesse funzionare.

L'allargarsi della libertà ha portato all'allargarsi delle rivendicazioni. Ho diritto a questo, a quello. Mi avevano garantito che sarebbe stato così, qualcuno dovrà pur pagare!

La società dal cielo vuoto è una società solo apparentemente libera e forte. In realtà è come un tavolo di legno massiccio divorato dai tarli.

Il tarlo che la divora è la paura. Non la paura primitiva, quella che accelera il metabolismo per sfuggire alle tigri, ma una paura più subdola, invisibile. Una paura che intossica e avvelena come il piombo o l'amianto respirati troppo a lungo.

Siamo liberi di mangiare a più non posso, fino a fare concorrenza, per stazza, ai maschi del leone marino, come siamo liberi di digiunare, di trasformarci in insetti stecco che si fingono bastoncini per non farsi catturare, noi ci mutiamo nell'immagine della morte, con le ossa e il cranio che brillano sotto la pelle.

Siamo liberi di uscire e di ubriacarci tutte le sere, di spappolarci il fegato prima della maggiore età. Liberi di rimbambirci, fumando hashish o marijuana. Liberi di riempirci di oggetti inutili, di avere cento borsette e cento paia di scarpe e di singhiozzare perché non sappiamo quali mettere.

Siamo liberi di cambiare partner quando e quanto ci pare. Di correre con la macchina a duecento all'ora e di schiantarci.

Siamo liberi di insultare i nostri genitori perché non ci hanno dato quello che ci meritavamo e di scaricarli quando diventano un peso. Liberi di svegliarci la mattina e di piangere, di battere con rabbia i pugni sul letto.

Siamo liberi di fare colazione con il caffè e gli ansiolitici e di maledire questo schifo di vita nella quale, senza aver potuto decidere, siamo stati catapultati.

Siamo liberi di andare dai maghi, dai cartomanti, di metterci pietre in testa, di infilarci in macchine che emettono raggi vivificanti, di mangiare soltanto cibi purificati per salvarci.

Insomma, siamo liberi di fare qualsiasi cosa capace di colmare, almeno temporaneamente, il grande vuoto e la grande paura – generata da questo vuoto – che ci portiamo dentro.

Non siamo liberi però, di dire una parola. La parola che libera tutte le altre.

Nostalgia.

Sì, nostalgia dell'anima.

Nostalgia: *Desiderio ardente e doloroso di persone, luoghi o cose a cui si vorrebbe tornare.*

VII

Malgrado il gran parlare che facciamo di libertà e di autoreferenzialità dell'uomo, il mistero, fonte della nostra origine, continua a chiamarci. E questo richiamo si manifesta nell'inquietudine, nell'ansia, nel volersi muovere, anche se non si sa verso cosa, nel sentirsi, a un tratto, totalmente estranei a se stessi.

Nonostante la grancassa degli appiattitori ci dica che il mondo non è molto diverso da una frittata – con le due facce perfettamente conoscibili, spiegabili e misurabili – che gira su se stessa senza senso alcuno, se non quello di soddisfare un capriccio del caso, e che il nostro unico ruolo è quello delle scimmie sapienti, la parte più profonda di noi – quella che cerchiamo da troppo tempo di mettere a tacere – intuisce l'esistenza di una realtà completamente diversa.

Gli ultimi studi di astrofisica ci dicono che il 73% del contenuto dell'universo è formato da energia oscura a noi totalmente sconosciuta, che il 23% è costituito da una materia capace di attrarre gli altri corpi celesti ma di cui non sappiamo la composizione, mentre soltanto il 4% dell'intero universo è formato dagli elementi che noi conosciamo.

Con una così scarsa conoscenza – il 4% – abbiamo ballato come i topi quando non c'è il gatto, abbiamo cantato in coro: Sì, sì! Il cielo è vuoto, perfettamente vuoto! Tutto ciò che ci sembra di vedere è soltanto l'effetto di uno specchio, di una superstizione. Desideriamo una cosa ed ecco che appare. Il cielo è una landa desolata sulle nostre teste e, come tutti i deserti, è fedele al suo compito di produrre miraggi.

Ma sotto la superficie, l'inquietudine comincia a farsi largo. Lo fa lentamente, con cautela, come si muovono gli animali a sangue freddo quando escono dal letargo. Sbucano dai nascondigli e cercano i raggi del sole; dopo quel lungo periodo di morte apparente, è grazie alla luce e al tepore della primavera che riprendono vita.

L'inquietudine cerca la luce. E lo fa interrogandosi. Chi sono? Da dove vengo? Dove sto andando? Se ho un senso, qual è il mio senso e quello dell'universo che ci accoglie? Qual è il significato del suo mistero, della luce, dell'ombra, della bellezza?

Ecco, lentamente, la schiena comincia a raddrizzarsi e fa salire le parole in gola. Caduta la censura, nascono lo sgomento e lo stupore, una capacità nuova di farsi domande.

Mentre sto scrivendo, in un tiepido pomeriggio di novembre, vedo due grandi querce
fuori dalla mia finestra. Nonostante sia autunno avanzato, le foglie, verdi come in estate, sono ancora sui rami. Poco distante, c'è un
vecchio castagno ammalato di cancro, il suo
tronco è pieno di cavità, di fori, di nascondigli
meravigliosi. Per settimane, ha lasciato cadere i suoi grossi ricci sul prato. Molti si sono
aperti, toccando il suolo e scoprendo lucidi
frutti marrone: felicità dei cani, delle capre,
degli istrici e delle volpi. Ormai le castagne
non ci sono più, tra l'erba spuntano soltanto
ricci vuoti, rossicci, calpestati da zoccoli e
zampe, tristi come i coriandoli sul pavimento,
il giorno dopo una festa. I rami più alti sono
già spogli, presto la cupola verde che proietta-
va ombra in estate diventerà un ricordo. Sarà
solo un grande tronco scuro che si staglia contro il cielo e i miei ospiti, passandoci accanto
in inverno, come ogni anno, ripeteranno: «Sei
sicura che sia ancora vivo?».

Poi, a primavera, tra le contorte radici co-
perte di muschio, cominceranno a spuntare i
crochi. Le gemme faranno capolino a marzo,
ad aprile le prime foglie. Giugno lo arricchirà
di infiorescenze gialle e profumate che, ad ot-
tobre, si trasformeranno in castagne.

Ma se tutto questo non dovesse accadere,
se quest'anno davvero la sua linfa non avesse
più la forza di circolare e di produrre foglie,
fiori e frutti, so già che verso luglio, movendo

il terriccio in qualche angolo più protetto del giardino, troverò una castagna sopravvissuta alla voracità degli animali.

All'inizio, forse, mi sembrerà una foglia marcia, ma, sotto il tocco del rastrello, mostrerà la sua vera natura, la buccia scura e la polpa bianca. Dalla pancia aperta, spunterà lo stelo di un nuovo castagno. Lo trapianterò allora in un vaso, per proteggerlo e, quando sarà abbastanza grande, lo riporterò alla terra, accanto al luogo dove era l'albero che un giorno l'ha generato.

Poi, durante la visita estiva, lo indicherò alle mie nipoti, affidandoglielo. «Abbiatene cura» dirò «perché un giorno, quando sarete grandi, vi farà ombra nelle giornate calde d'agosto e, in autunno, vi regalerà un meraviglioso tappeto di castagne.»

Ogni parola è un seme. E come il seme, quando è fecondo, contiene in sé il proprio nutrimento.

Di notte, le piante, attraverso la linfa, fanno arrivare le proteine, sintetizzate durante il giorno dalle foglie, alle parti che hanno più bisogno di essere arricchite, i semi. Come madri amorose, sanno infatti che, senza una riserva di nutrimento, quei chicchi non saranno mai capaci di aprire il tegumento e di rompere la terra. Senza proteine, senza aminoacidi, senza i mattoni dell'esistenza, lo stelo non troverebbe mai la forza di crescere, di affondare le radici e coprirsi di foglie, di salire in alto, verso il cielo e diventare un albero.

Da troppo tempo le nostre parole – le parole degli uomini – non sanno più radicarsi. Girano stancamente senza trovare il terreno che permetta loro, nel chiacchiericcio ormai cosmico che ci avvolge, di aprirsi un varco. Uno spiraglio di senso, di verità, di fondamento.

Sono tante, troppe, sempre più inutili. Ci parliamo continuamente, con i mezzi tecnologicamente più avanzati per non dirci niente. Anzi, più discorsi facciamo, più difficoltà abbiamo a comprenderci.

Rispetto alle parole-seme, le nostre sono parole-coriandolo, si muovono secondo il fiato. Quando l'aria si ferma, si posano al suolo, in attesa di un altro refolo di vento.

Parliamo e parliamo, senza mai essere sfiorati dal dubbio che la parola, per esistere davvero, deve essere nutrita dall'ascolto.

Solo l'ascolto di Colui che parla con un suono potente di tromba o come una brezza leggera, ci permette di vivere riflettendo sulla nostra grandezza, ci permette di sfuggire alle tentazioni dell'ignoranza, dell'impazienza, al richiamo di quell'idolatria che, sotto mentite spoglie, come il lupo travestito da agnello della fiaba, sta divorando la dignità delle persone.

Sì, ogni parola è un seme, e il cuore dell'uomo il luogo in cui si deve posare.

È lì, dentro di noi, che deve mettere radici, spezzare il tegumento dell'indifferenza, crescere, innalzarsi verso il cielo, trasformandoci da pongidi in creature colme di sapienza.

Il delfino e le ombre cinesi

I

Cantano le cicale, sul mare e sulle rocce intorno è scesa la calma delle ore più calde. Dalla penombra della mia tenda intravvedo in lontananza una petroliera e, più vicina, una piccola barca a vela che beccheggia, immobile, in attesa di un refolo di vento. Tutto sembra apparentemente senza vita.

In questa sospensione, mi torna in mente una storia raccontatami, anni fa, da un amico velista. A bordo di una piccola imbarcazione, stava compiendo una traversata solitaria dalla Toscana alla Sardegna. Per esorcizzare la solitudine, ascoltava una sinfonia di Mozart quando, a un tratto, a poppa comparve un delfino. Fin qui nulla di strano, era già capitato molte volte. La cosa curiosa, mi disse, è che sembrava nuotare al ritmo della musica. Spense allora il registratore per scacciare quella che considerava una deleteria fantasia antropomorfa. Il delfino sparì. Dopo lunghi minuti di silenzio e di tacita attesa, la barca fu scossa da un forte colpo, seguito da un altro e un altro ancora. Era il delfino che percuoteva lo scafo con la coda come a chiedere: E allora, che succede?

Il mio amico riaccese subito la musica e il delfino riprese la sua danza, accompagnandolo felice fino a sera.

I cetacei, dunque, riconoscono l'armonia musicale e ne provano gioia. La cosa non mi stupisce perché, quando suono il flauto, le mucche si radunano sotto le mie finestre e stanno lì, attente, con i nasi umidi e gli occhi stellanti, commentando con brevi muggiti come signore a un concerto.

Dalle ricerche più ardite della frutticoltura risulta che gli alberi intorno ai quali viene suonata musica classica guariscono dalle malattie, si fortificano e producono con abbondanza, mentre altri sottoposti a ritmi hard o techno deperiscono rapidamente e lasciano cadere i propri frutti prima che si compia la maturazione. Eppure gli alberi non hanno orecchie, i delfini vivono sott'acqua, e le mucche, di certo, non sanno leggere gli spartiti.

Sì, nell'universo esiste una percezione della bellezza che sfugge ai nostri canoni, alle nostre congetture e questa percezione si manifesta spontaneamente in gioia, danza e ricchezza di vita.

II

Spesso mi chiedo come si possa definire il nostro tempo, se c'è un fattore che lo unifica e lo contraddistingue. Sicuramente è un'epoca di grande complessità e di grosse contraddizioni. Viviamo, infatti, nell'età del massimo benessere e della tangibile insoddisfazione, dell'estrema sicurezza e delle incontrollabili paure, delle sofisticatissime comunicazioni planetarie e della totale incapacità delle persone di comunicare tra loro. Un tempo di grandi inquietudini spirituali e di agghiaccianti fanatismi.

Se devo però immaginare un fattore evidente, fisico, che distingue i nostri giorni e lega insieme tutte queste contraddizioni, lo identifico nella presenza ossessiva e tirannica del rumore, di una disarmonia sonora che farebbe fuggire i delfini oltre l'orizzonte ma alla quale gli esseri umani sono ormai totalmente assuefatti.

Il silenzio è morto e, scomparendo, ha trascinato con sé tutto ciò che costituisce il fondamento dell'essere umano. Non c'è silenzio nell'aria intorno, non c'è silenzio nelle menti, nei cuori. L'assenza di silenzio è il trionfo di quella che tutte le tradizioni orientali chiamano "la scimmia" – la nostra mente – che si agita, s'indigna, strepita per coprire lo schiamazzo degli altri.

La scimmia produce un costante turbine di impressioni, di opinioni, di allarmi, un fiume in piena che travolge qualsiasi tentativo di porre, nella mente e nel cuore, vera pace e stabilità.

"Ciò che l'irrigazione è per le piante, il silenzio è per la crescita della conoscenza" scriveva Isacco di Ninive nel VII secolo dopo Cristo. E infatti, senza silenzio, non posso conoscermi, non posso conoscere l'altro, non posso conoscere il misterioso destino che ci lega. Senza silenzio, non riesco a mettermi in ascolto. Senza ascolto, non posso attingere alla fonte della sapienza.

Ma perché siamo avvolti in questo turbine di spazzatura sonora? Da dove viene il frastuono, perché nessuna forza riesce più a contenerlo?

Il frastuono ci frastorna.

Chi vuole che siamo frastornati?

Un sospetto viene quando, consultando il vocabolario, scopriamo che frastornare vuol dire: *evitare, ostacolare, distogliere, distrarre.* Sì, qualcuno, qualcosa, ci vuole distratti.

«Non hai idea» mi diceva recentemente

un'amica neuropsichiatra infantile «di quanti bambini gravemente disturbati in età prescolare arrivano al consultorio. Bambini che urlano, che mordono, che prendono a calci, che sputano in faccia ai nonni. Arrivano i genitori con aria contrita e dicono: Noi non sappiamo come prenderlo, ci pensi lei. Trattano il figlio come un elettrodomestico di cui hanno perso le istruzioni, un gadget impazzito dei cui circuiti solo il tecnico saprà ripristinare il funzionamento. È questa la vera emergenza degli ultimi dieci anni» concludeva la mia amica con tristezza «ma non fa rumore e così nessuno ne parla.»

Il Novecento, con la sua tragica coda di ideologie, di nichilismo, di guerre e di stermini, ha seminato nel nuovo millennio la bomba a orologeria del relativismo etico. Il bene e il male non sono più valori riconoscibili collettivamente, ma derive del sentimentalismo individuale.

La naturale bontà dell'essere umano è uno dei dogmi indiscutibili che abbiamo ricevuto in dono dai secoli precedenti e nulla di ciò che accade sotto il sole riesce a scalfirlo.

Grazie al relativismo etico, la nostra società ha rinunciato alla sua funzione educativa.

Non educa la famiglia, non educa la scuola, non educa il contesto civile.

Educare, infatti, vuol dire condurre, indicare una strada da seguire, ma per farlo si dovrebbe conoscere la direzione verso cui tendere. Come si può indicare un cammino se la vita è un girovagare senza meta, se non ci sono limiti da rispettare, orizzonti da raggiungere?

Compito principale dei genitori moderni sembra essere unicamente quello di non creare ostacoli (dai quali potrebbero nascere traumi inguaribili), di non porre limiti (per non rischiare di bloccare la naturale creatività infantile). Sarà il caso, unito alla saggezza innata, si pensa, a fare imboccare al bambino la strada giusta che lo porterà a realizzarsi nel migliore dei modi.

C'è un bellissimo motto africano che dice: Per educare un bambino, ci vuole un villaggio.

È proprio così, ci vuole la varietà e la diversità dei rapporti e, al tempo stesso, la coesione di una comunità che rispetta e fa rispettare le sue leggi. Forse per questo la striminzita famiglia mononucleare, nonostante tutte le sue attenzioni e finezze pedagogiche, produce, nella maggior parte dei casi, creature fragili capaci di coniugare all'infinito un unico noiosissimo verbo: "volere". Non ci si è accorti – o non ci si è voluti accorgere – che, nel frattempo, l'espressione africana è stata assunta a livello planetario. Però non è più l'insieme di parenti ad educare – cioè il contesto sociale fatto di persone, di volti, di storie umanamente comprensibili – bensì l'anonimo, potentissimo e sottilmente perverso villaggio globale.

Davanti all'abulia educativa dei genitori, davanti all'apatia della scuola e all'assenza di un contorno formativo, la comunità assume il ruolo di educatrice, attraverso il volto opaco dei mass media: la grande antenna che, con il suo costante gracchiare, sovrasta e avvolge i nostri giorni.

Essa ci dice in cosa dobbiamo credere, cosa dobbiamo disprezzare, che cosa può creare scandalo e che cosa invece deve suscitare il nostro applauso. È proprio la grande antenna a imporci la convinzione che solo il possesso di determinati oggetti ci rende degni di esistere. Naturalmente tutto ciò avviene in modo democratico, privo di costrizioni. Per non ribellarsi, infatti, si deve essere convinti che siamo sempre noi – e soltanto noi – a scegliere.

Ma è davvero così?

Un paio di anni fa ho ospitato a Roma due ragazzi filippini. A Manila frequentavano i migliori licei e, per la prima volta nella loro vita, erano venuti a visitare i genitori nel paese in cui questi da molti anni erano emigrati per cercare lavoro. Si trattava di un viaggio "di istruzione", per far loro capire quanta fatica, quanta vita rinunciata ci fosse dietro ai privilegi dei loro studi a Manila. Ma di istruzione in realtà ci fu ben poco. Il loro soggiorno ven-

ne interamente dedicato a un frenetico correre da un negozio di telefonini a un altro di ab-
bigliamento sportivo. Citavano le marche di
ogni oggetto in ordine decrescente, secondo il
valore di culto e il loro relativo prezzo come
fossero il rosario o le litanie dei santi. E, naturalmente, veneravano le stesse identiche marche, gli stessi modelli idolatrati dai nostri ragazzi. Nelle pause tra gli acquisti, si stravac-
cavano sui divani di casa, sospirando annoia-
ti. Non hanno mai sentito l'impulso di fare
una domanda, di guardare fuori dalla finestra, mai desiderato o osato fare una passeg-
giata, per annusare un odore, per osservare
un volto, per vedere quanto sono diverse le
strade di Roma da quelle di Manila.

Ciò che inquieta, nel consumismo planetario, è questa sorta di cupidigia ottusa. Ogni
forza è tesa, concentrata verso l'oggetto del desiderio. Una volta incamerato, la stessa energia, intatta nella sua potenza, si sposta su un
nuovo oggetto e poi su un altro ancora, in una
corsa di cui non si riesce a intravvedere la fine.

Chi fa credere ai ragazzi di Manila, a quelli
di Brasilia, di Mosca, di Roma, di Tokyo che
quella scarpa, quel tal telefonino, quella ma-
glietta siano più indispensabili del pane con
cui ci si nutre?

La futilità degli oggetti, cioè il loro insu-
bordinarsi alla funzione originaria, è il segno
distruttivo dei nostri tempi. Ci annulliamo
quotidianamente, con lo sguardo rapito dal

vitello d'oro – i tanti piccoli vitelli d'oro di poco prezzo – e intanto la nostra vita, la vita vera, con il suo mistero, le sue domande, il suo splendore, ci sfugge dalle mani, lasciandoci in balia di manifestazioni incontrollate: attacchi di panico sempre più frequenti, inspiegabili suicidi, estemporanee follie omicide di persone apparentemente normali.

III

Ho sempre pensato alla diversità come alla più grande ricchezza del creato. Ogni fiore, ogni insetto, ogni mammifero, ogni minerale, è in relazione di reciprocità con tutto quello che lo circonda.

Anche per gli esseri umani, il discorso della diversità è fondamentale. Ognuno di noi nasce con un'attitudine differente – di sensibilità, di intelligenza, di cultura – e scopo della vita è proprio quello di coltivare e comprendere questa nostra peculiarità, portandola a dare i suoi frutti migliori.

Il cammino della crescita è dunque quello di scoprire e di costruire lentamente il nostro volto, la nostra storia. Volto e storia unici e irripetibili e tuttavia complementari a tutti i volti e tutte le storie che ci circondano.

Questa è la vocazione dell'essere umano, la sua chiamata a scoprirsi in continua evoluzione, costantemente teso verso l'orizzonte dietro al quale si intuisce il mistero della finitezza. Una vocazione però che richiede la capacità di mettersi in ascolto. Ascoltare una voce che chiama ognuno di noi per nome.

Ma chi mai ci può chiamare se la nostra progenitura è il caso, se il cielo è vuoto e l'unico rumore che ne giunge è il sibilo dei satelliti?

Se siamo figli del caso e il cielo è vuoto, l'unico punto di riferimento stabile è la grande antenna, che ci programma e ci guida con il suo incessante frastuono in ogni angolo del pianeta, facendoci credere di essere assolutamente liberi e nello stesso tempo inevitabilmente programmati. Liberi di esistere nella tirannia dell'ego, programmati dal codice genetico e dal flusso capriccioso degli ormoni.

La grande antenna ci fa correre dietro le ombre cinesi, convincendoci che sono la realtà.

La grande antenna ci fa credere che per noi è bene ciò che bene, per noi, non è.

La grande antenna vive blaterando di tolleranza, ma basterebbe riflettere un po' per comprendere che una volontà che cancella la diversità è la prima generatrice di intolleranza.

La grande antenna ci mostra costantemente la felicità e la bellezza là dove non sono. Nella eterna gioventù del corpo, nella capacità di generare creature su ordinazione, del sesso giusto, del colore giusto, dell'intelligenza giusta, nel possesso degli oggetti, nel successo effimero.

La grande antenna ha sacralizzato i nostri diritti più futili – quelli relativi alla soddisfazione immediata e caparbia di qualsiasi desiderio – togliendo senso all'unica cosa veramente sacra, l'unicità della vita umana.

La vera bellezza, invece, è iscritta nel patrimonio dell'universo. Ogni struttura molecolare, ogni reazione enzimatica, ogni spettro cristallino racchiude in sé il riflesso dello splendore. Ma questo splendore resta nascosto agli sguardi ottusi dei consumatori planetari, ai figli che non vogliono essere figli, agli esseri che contemplano il bello nel temporaneo, a creature che vivono immerse nel sentimentalismo ma sono prive di sentimenti, in una parodia della vita in cui si balla e si canta istericamente, per non vedere il vuoto che divora i cuori.

La bellezza potrà cambiare il mondo soltanto se gli uomini riusciranno di nuovo, come i delfini e le mucche, a percepirla e a gioire della sua gratuità. Ma per riuscire a farlo, bisogna compiere il lungo cammino che trasforma il cuore di pietra in cuore di carne, il cammino che toglie l'opacità allo sguardo, rendendolo vivo e costantemente aperto al moto dello stupore.

Quel cammino che permette alle orecchie di ascoltare, al cuore di sentire, di respingere il rumore e accogliere il silenzio.

Di fare vuoto dentro di sé e intorno a sé per immaginarsi diversi, non più automi, ma figli. Creature capaci di scegliere e di vivere nella luce della responsabilità.

Il tempo freccia

Mio padre era una persona piuttosto particolare. Viveva in una piccola stanza con balcone, affacciata sulla massicciata di una ferrovia. Da qualche anno era andato in pensione e ne era felice. Non so cosa facesse tutto il giorno, non aveva amici, non frequentava gruppi di persone. Era orgoglioso di poter avere la tessera degli autobus per l'intera rete a prezzo ridotto. «Capisci» mi diceva «con questa cifra, con questa modesta cifra posso viaggiare, giorno e notte, su tutti i mezzi che voglio.»

Credo che gran parte del suo tempo lo trascorresse proprio così, facendosi trasportare dagli autobus e dai treni metropolitani.

Mi è capitato più di una volta di incontrarlo in luoghi impensabili, lontanissimi da casa sua. Camminava sempre con lo stesso passo, le mani dietro la schiena, l'aria assorta. E quando gli domandavo: «Cosa fai da queste parti?» rispondeva invariabilmente: «Faccio due passi».

Alle volte erano gli amici a segnalarlo. «L'ho visto vicino al raccordo… alla tomba di Nerone… in fondo all'Aurelia… nell'atrio della Stazione Tiburtina…» «Era solo?» «Certo.» «E cosa faceva?» «Camminava.»

La sera tornava a casa e staccava il telefono o forse più semplicemente evitava di rispondere. Credo non fossimo più di due o tre persone ad avere il suo numero ma non aveva importanza. Lui non voleva essere disturbato, non voleva che qualcuno arrivasse, non richiesto, a interrompere il suo tempo.

Sul balcone aveva una vecchia cyclette. Non la usava perché sportivo ma perché aveva problemi di cuore: così la notte pedalava. Pedalava e guardava passare i treni. Ogni tanto era lui a telefonare. Mi diceva: «Sai, ci sono le prime lucciole, tra un treno e l'altro le vedo lampeggiare…». Oppure: «C'è una gatta che ha fatto i gattini, due rossi e uno grigio. Quando lei torna dalla caccia, le corrono incontro felici con la coda dritta».

Mio padre arrivava sempre puntuale ai nostri incontri ma non aveva il senso del tempo. Guardava gli altri – quelli che il Piccolo Principe chiama "le persone grandi" – con malcelato stupore. Dove corrono? Perché si affannano? Non riusciva a capirlo.

In età più che adulta si era messo a studiare il cinese. Il taoismo, aveva trovato, rispondeva perfettamente al suo essere. "Pratica il non agire. Bada a non fare niente. Assapora il senza sapore. Considera il piccolo come grande, il poco come molto."

Mio padre non aveva il senso del tempo ma è stato lui, assieme a mia madre, a darmi il tempo, il mio tempo, e mi ha dato il suo non tempo, la sua assoluta estraneità allo svolgersi delle cose.

Anch'io arrivo sempre puntualissima agli appuntamenti ma apro le lettere qualche mese dopo il loro arrivo e rispondo, se mi ricordo, dopo qualche anno. Quando suona il telefono neanche lo sento. Se dico a qualcuno "ci sentiamo domani" quasi sicuramente lo richiamerò dopo un mese, non per cattiveria né per sciatteria o per arroganza, semplicemente perché anch'io vivo in una sorta di eterno presente. Un mese, una settimana, un giorno, nel mio tempo interiore, si equivalgono.

Quanto tempo ho impiegato ad accorgermi del tempo? Non molto. Avrò avuto sette anni. Ricordo un pomeriggio buio e pieno di vento, la bora entrava da sotto la finestra e raffreddava la stanza. Stavo preparando la cartella per il giorno seguente. All'improvviso ho pensato: questo giorno se ne è andato e non tornerà mai più. Tutto quello che ho visto, provato, sofferto, sentito è scomparso per sempre. Ogni tramonto è un piccolo passo verso la morte.

Allora ho cominciato a vedere in modo diverso una per una le persone che incontravo. C'era la persona e accanto a lei un piccolo pozzo. Stava vicino al letto e ogni sera inghiottiva il giorno trascorso. C'erano pozzi quasi vuoti, come il mio e quello dei miei fratelli, e pozzi con la misura ormai colma, come quelli dei nonni. I pozzi quasi colmi mi facevano piangere.

Da allora l'ansia è stata la mia fedele compagna. Mi sentivo come un ramo scaraventato dalla pioggia nell'acqua di un fiume melmoso, il paesaggio non era molto diverso da quello che vedevo dal treno che mi portava da Trieste a Venezia. Nebbia, casette, campi di mais, canali, pioppi e campanili. Ogni tanto una figura scura in bicicletta.

Non avevo mai pensato di scendere in quel fiume e non avevo nessuna possibilità di uscirne, navigavo come navigavano tutti gli altri ma con, in più, un senso di grande impotenza.

Che cos'è la vita? mi chiedevo. Alzarsi la mattina, andare in bagno, poi a scuola, mangiare, fare i compiti, dormire per ricominciare il giorno dopo la stessa ridicola sequenza. Sarei cresciuta e, invece che a scuola, sarei andata al lavoro: questa sarebbe stata l'unica differenza sostanziale. Poi anche il lavoro sarebbe finito e i miei capelli sarebbero diventati bianchi; le gambe ormai incerte, sarei rimasta a lungo ferma davanti le strisce pedonali prima di attraversare la strada. Poi anche le gambe non mi avrebbero più retto e allora mi sarei adagiata nella bara così come per tanti anni mi ero sdraiata nel mio letto. Fine della noia, fine della ripetizione, fine di ogni altra cosa.

Per questo, mi chiedevo, si viene al mondo? E che cos'è la vita, se non un monotono spreco di tempo e di energia?

All'epoca naturalmente non sapevo niente del Big Bang e dello spazio, dei cento miliardi di galassie che, assieme a noi, ruotano nel cosmo, né dei rapporti che legano lo spazio al tempo, la massa all'energia, tuttavia avevo capito una cosa assolutamente fondamentale e cioè che il tempo è come una freccia, parte dall'arco e arriva al bersaglio e non può mai fare il percorso inverso. Non per noi, almeno. Non per noi esseri umani e animali e piante. Non per noi che, in un modo o nell'altro, respiriamo.

Per gli elettroni e le particelle fondamentali tutto cambia, non hanno orologi né appuntamenti, non si innamorano né diventano nonni, neppure immaginano l'esistenza della morte. Per loro il passato e il futuro si equivalgono.

Per noi non è così. Per le creature – per tutte le creature – la strada è una sola e ha un'unica direzione. È da qui che nasce lo stupore, l'*horror vacui* che mi aveva colto nell'infanzia e che colpisce ogni persona che si fermi, almeno per un istante, a interrogarsi.

La domanda sul tempo è prima di tutto

una domanda sul senso. Perché? Per chi? Per che cosa?

Ho una natura spiccatamente terrestre. Tra guardare in alto e guardare in basso, ho sempre preferito abbassare lo sguardo. Capisco più cose osservando una formica mentre trasporta un seme che scrutando le formule matematiche che descrivono il tragitto delle stelle.

Nella memoria di tutte le culture, prima del mondo c'è stato il caos. Ad un certo punto – che forse ancora non era un punto perché non c'era il tempo – qualcosa di molto piccolo è esploso producendo qualcosa di grande.

Nella lingua cinese l'ideogramma *Hun Tun* indica il caos primigenio. Caos che naturalmente non è confusione ma soltanto un ordine diverso da quello a noi noto.

Mio padre, per un certo periodo, aveva studiato il cinese, io ne ho studiato la calligrafia. Avevo una maestra minuta e silenziosa, davanti i fogli bianchi però si trasformava, muoveva il pennello con energia e con grazia, come una danza. Amava ripetere: «Cielo papà, terra mamma, noi molto piccoli, molto molto piccoli».

Gli ideogrammi non sono sgorbi incomprensibili ma rappresentazioni del microcosmo e del macrocosmo.

Hun Tun, il caos che precede la creazione,

è formato da due ideogrammi. L'ideogramma *Hun* che rappresenta un uomo e sotto di lui il sole. Un sole sotto l'orizzonte, ancora prigioniero dell'oscurità. L'ideogramma *Tun*, invece, rappresenta una piccola pianta che sta cercando di radicare. In entrambi gli ideogrammi è presente il segno dell'acqua. L'acqua è dunque la sorgente di vita, è lì che tutto il mondo da noi conosciuto ha cominciato a mettere radici. È lì tuttora, nell'acqua del ventre materno, che la vita di ogni creatura inizia il suo percorso di crescita.

Esistere nel tempo è prima di ogni altra cosa radicarsi.

Uno dei libri che leggo con maggior passione è il libro dell'evoluzione, la vita alle nostre spalle. La grande freccia che ha permesso lo scoccare della piccola, quella della nostra esistenza individuale. Una freccia lanciata da un bambino e un'altra scoccata da un gigante, entrambe puntate sullo stesso bersaglio.

Io non posso tornare un lemure, così la quercia non può tornare un'alga unicellulare. Eppure, ad un certo momento, l'alga dentro di sé ha cominciato ad immaginare la quercia.

È successo circa quattrocento milioni di anni fa, nel Devoniano. Fino a quel momento le piante erano vissute e si erano propagate esclusivamente in orizzontale.

Ma il sogno fa nascere l'inquietudine e, a un

tratto, tutto ciò che era comodo e naturale comincia a diventare stretto. Perché non esplorare anche altri spazi? Perché non provare ad innalzarsi verso quella grande stella che riempie di luce lo spazio circostante?

Per fare questo, non si può più stare fermi a fluttuare. Serve un diverso sistema di trasporto del nutrimento. Si formano così nuove cellule, cellule molto lunghe capaci di trasportare l'acqua verso l'apice e altre in grado di riportare verso il basso la linfa elaborata. Si sviluppa così una sorta di tessuto vascolare con al centro una struttura simile al midollo. C'è aria nel mezzo, e aria vuol dire respiro. Cellule con clorofilla circondano il tessuto vascolare e la pianta si copre di piccole bocche, gli stomi. Bocche che si aprono e si chiudono per trattenere o liberare vapore. Il vapore sale al cielo e il cielo lo restituisce sotto forma di pioggia.

Ed è a questo punto che la terra comincia il grande processo del respiro.

Come ho già detto, per molti anni non ho prestato attenzione alla vita delle piante. Privilegiavo lo studio degli animali, perché gli animali hanno uno sguardo. Soltanto col tempo, approfondendo alcuni pensieri, mi sono resa conto della grande affinità tra il nostro destino e quello del mondo vegetale.

Tra noi e una pianta la differenza non è poi così grande. Entrambi siamo fatti di tessuto vascolare, entrambi abbiamo un midollo che ci fa stare dritti e ci spinge, durante la crescita, in posizione eretta. Entrambi, per andare avanti, abbiamo bisogno della giusta dose di nutrimento.

Radicarsi, nutrirsi, crescere.

Noi e le piante ci ergiamo verticalmente. Loro sostengono le chiome, noi l'imbarazzante peso della testa.

Per cambiare stato le piante hanno impiegato parecchie migliaia di anni. Sviluppandosi in altezza, avevano risolto diversi problemi ma molti altri ancora restavano insoluti. Quello della propagazione, ad esempio. Prima della nascita dei semi, l'uovo fecondato non aveva alcun tipo di protezione, bastava un minimo cambiamento climatico per disperderne il potenziale di crescita.

Sono stati dunque i semi l'altra grande rivoluzione silenziosa.

Il seme ha tutto dentro di sé, può restare protetto nell'ovario oppure trasformarsi in frutto e andare molto lontano racchiuso nella pancia di qualcuno, può cadere per terra e sonnecchiare per mesi, anche per anni, in attesa delle condizioni adatte per crescere, oppure si può attaccare al pelo di un animale e andare in giro per il mondo.

Ci sono semi che esplodono come quelli dell'*impatiens* oppure che volano leggeri come quelli del tarassaco e altri che s'avvitano nell'aria come macchine di Leonardo.

I semi sono potenzialità in sapiente attesa. Prima non agiscono, in seguito lo fanno e in base a un progetto. La margherita diventa una margherita, la genziana una genziana.

Le piante crescono verso la luce e anche noi cresciamo verso la Luce, anche se spesso facciamo di tutto per ignorarlo.

Guardandomi intorno, ho spesso l'impressione che per molte persone il tempo della vita somigli ad un grande armadio pieno di cassetti e cassettini che bisogna riempire prima possibile.

Il tempo, con la sua vacuità, scatena delle ansie difficilmente controllabili.

«No, oggi no, domani neanche. Forse la settimana prossima, ma non lo so. È difficile che riesca a trovare un po' di tempo.»

Quante volte ci capita di sentire discorsi del genere?

Siamo nel tempo ma non abbiamo tempo.

Bisogna correre, muoversi, fare cose, vedere persone, acquisire sempre nuove abilità per tacitare il rumore dei giorni, dei mesi, degli anni che passano e che in nessun modo possiamo fermare.

Poi, forse, un istante prima di morire, in un lampo vedremo la nostra vita e ci renderemo conto che gli unici istanti davvero nostri, davvero pieni, sono stati quelli in cui magari abbiamo "perso tempo" a guardare un fiore, la forma di un albero o ad accarezzare la testa di un bambino che ci passava accanto.

Nella lingua cinese il non agire è definito dall'ideogramma *Xu*. Non rappresenta un uomo sdraiato sull'amaca, ma dei soffi che si muovono senza creare contrasto tra loro, in perfetta armonia.

Non agire è il movimento perfetto, il movimento dell'uomo che ha accolto dentro di sé non l'arroganza del sapere ma l'umiltà della sapienza.

Non agire significa essere sempre pronti. Pronti alla morte come alla vita. Pronti alla chiamata.

«Ecco, manda me!» dice il profeta Isaia.

Non dice: «Andrò domani» oppure: «Potevi chiamarmi ieri».

No, dice: «Eccomi!».

Vivere questa dimensione vuol dire, prima di ogni altra cosa, rendersi conto che il nostro tempo è come una fetta di torta gelata. Il suo destino è di essere consumata o di sciogliersi. Mentre il tempo vero, cioè la torta intera, rimane nel freezer. Esisteva prima e continua ad esistere anche dopo che la nostra porzione è finita.

Per capire il tempo, per capirne il significato più profondo, invece di interpretarlo, bisognerebbe spogliarsi.

Spogliarsi dell'io prima di ogni altra cosa.

Io voglio, io faccio, io capisco, io sono.

Spogliarsi e attendere.

Attendere e ascoltare.

Così, piano piano ci accorgeremmo che questo tempo, questo tempo che ci dà affanno, questo tempo che stipiamo di cose da fare e da dire, è in realtà un tempo non molto diverso dalla corsa di un formica, leggero, breve, piccolo.

Il tempo vero sta da un'altra parte.

È il tempo del mistero e della trascendenza.

È il tempo in cui verrà svelato ad ogni seme il suo progetto. Un tempo che ci avvolge e ci sovrasta. Un tempo senza tempo, senza albe e senza tramonti, senza compleanni né funerali.

È un tempo che ci precede e che ci segue ma è anche un tempo che ci accompagna nei giorni, anzi che irrompe nei giorni salvandoci dalla deriva.

È il tempo dell'umiltà, della discesa nelle radici.

Il tempo dell'ascolto, dell'ascolto che si trasforma in dialogo.

È il tempo dell'accoglimento e della riconoscenza.

È il tempo del seme che diventa germoglio e del germoglio che diventa pianta.

È il tempo della pianta che trasforma l'energia della crescita nell'inutile bellezza del fiore e che, un istante prima di appassire e lasciar cadere i semi, si accorge con stupore che ciò che fino a quell'istante aveva chiamato Luce, in realtà era Amore.

Quando cammino per le strade di Roma, di notte ma anche di giorno, ho spesso l'impressione di incontrare mio padre.

Non era lui, quella figura di profilo nell'autobus semivuoto? Che giacca era quella che aveva appena voltato l'angolo se non la sua?

Ogni tanto mi fermo e sento il suo sospiro. Sospirava spesso. Sospirava come se avesse sempre un peso sul cuore.

Forse le sue lunghe, interminabili camminate erano un tentativo per liberarsi di questo peso.

Forse camminando, camminando e camminando ancora, andava alla ricerca di qualcosa che all'improvviso gli rendesse tutto chiaro.

Camminava per fuggire da se stesso, dal suo passato, dalla sua solitudine.

Camminava forse anche con la disperata speranza che gli apparisse all'improvviso il volto dell'Altro.

Perché un seme può stare quieto nella terra per mesi, per anni, ma in questa oscura permanenza non smette mai di desiderare l'acqua, di aspettarla.

Aspetta l'acqua e la forza che gli permetta di rompere il tegumento e iniziare la salita verso l'alto, verso l'universo della luce e del respiro. Per scoprire finalmente la forma che, fin dal principio, era stato chiamato ad assumere nel mondo.

Poco prima di morire, mio padre ha cercato di scrivermi un biglietto. Ma non ce l'ha fatta.

Sul foglio è rimasto solo un punto.

Cos'avrà voluto dire?

Perdono? Paura?

O forse pace?

Non lo saprò mai, non almeno in questo tempo. Nel mistero di questo tempo freccia lanciato nel buio del cosmo proprio dall'esplosione di un punto.

Un filo che non si spezza

Da molti anni a questa parte c'è un filo nei miei pensieri. È un filo di metallo lucido, teso tra un tronco di leccio e uno di susino inselvatichito, in fondo a un prato davanti a una casa in cui ho vissuto molti anni. Serviva per stendere il bucato.

Perché mi torna sempre in mente? Perché su quel filo succedeva qualcosa di strano. Quando la pressione atmosferica diminuiva, vi si radunavano decine e decine di formiche e, quando invece risaliva, le formiche sparivano.

La maggior parte delle persone probabilmente non si sarebbe neppure accorta di questo rapporto metallo-pressione-formiche. Al massimo avrebbe spruzzato sul filo un potente insetticida e la storia sarebbe finita lì. Io invece non ho fatto che domandarmi il perché e, dato che, a distanza di anni, non sono ancora riuscita a trovare una risposta, la curiosità è rimasta intatta.

Che sorta di beneficio traggono le formiche

dai fili di metallo quando soffia lo scirocco?
Non lo so. O meglio, non lo so ancora.

Sono convinta che i talenti individuali na-
scano con noi e non siano, come si vorrebbe
far credere, determinati dall'ambiente. La
musica, la matematica, la pittura, l'attitudine
alle scienze esatte piuttosto che alla parola sono piccoli fuochi che ardono dentro di noi fin
dal momento in cui apriamo gli occhi. Ognuno ha un fuoco di diversa grandezza. Alcuni
sono alimentati soltanto da ramoscelli e dunque è facile spegnerli. Altri, invece, hanno ca-
taste di legna su cui soffia sempre il vento ed
è difficile smorzarli. Anzi, spesso bruciano chi
si avvicina troppo.
    In questi anni ho deluso molti giornalisti
che si aspettavano rivelazioni inedite su qualche segno di mia precocità artistica. «Scriveva
racconti?» mi domandano. «Passava ore e ore
sprofondata nella lettura delle fiabe?» Niente
di tutto questo. Quando la maestra diceva:
«Componete dei pensieri in libertà» al margi-
ne del foglio scrivevo con caratteri minuscoli:
Oggi c'è il sole, oppure: Oggi piove. E questo
era tutto.
    Ho sofferto molto, nell'infanzia, per la
mancanza di fantasia. Mentre le mie compa-
gne componevano poesiole in rima e disegni
ricchi di arcobaleni e fiorellini, io scrutavo con
cupezza la pagina bianca in attesa di una mi-

nima ispirazione. Ma la scintilla non scoccava, così scrivevo semplicemente il mio nome accompagnandolo magari con uno schizzo, che so, la sagoma di un edificio, la saracinesca di un garage, la forma seghettata di un abete.

Spesso qualcuno mi chiede di inventare lì per lì una fiaba per fare addormentare dei bambini. La risposta che sono costretta a dare è sempre la stessa: «Mi dispiace, non ne sono capace». Naturalmente nessuno ci crede. «Come, se non lo sai fare tu che scrivi libri...» Pensano che sia una scusa.

Il fuoco che ardeva nel mio cuore quando, per la prima volta, ho aperto gli occhi, era quello della materia e della forma, delle leggi che trasformano l'una nell'altra, producendo l'infinita varietà del mondo. Ero nata per osservare, misurare, catalogare, memorizzare, non per riempire di belle parole fogli di carta.

C'era, e c'è, una grande fisicità dentro di me. Ho sempre bisogno di toccare, di sentire, di annusare. I voli nel mondo della fantasia mi mettono a disagio, anzi, mi annoiano. Adoro stare con i piedi per terra, magari sdraiata o inginocchiata con una lente in mano a guardare quello che succede al suolo.

Durante questi anni ho ricevuto in dono moltissimi libri di poesie. Poesie di giovani e meno giovani, di uomini e di donne. Sempre accompagnate da un denominatore comune, la delusione per la finitezza di tutto e l'anelito a qualcosa di grande. Le immagini più ricorrenti sono il mare aperto con un gabbiano, le nubi in corsa o gonfie di tempesta, il sole che tramonta o che sorge o che splende indifferente alle sofferenze umane. Il contatto con il mistero, nella vita dei poeti occasionali, prende queste tre dimensioni. Mare, cielo, sole, con qualche breve incursione della luna.

Credo che la poesia sia, fondamentalmente, una forma di interrogazione. "Che fai tu luna in ciel, dimmi che fai…" scriveva Leopardi. Si percepisce un mistero dietro la realtà di tutti i giorni, e questo mistero suscita inquietudine. Come posso dormire tranquillo se c'è qualcosa che non so, che non riesco a capire, a spiegarmi? Allora chiamo le nubi, il mare, i gabbiani. Invoco, appunto, i testimoni del mistero.

La poesia nasce dal farsi domande guardando in alto. Anche le scienze naturali si interrogano, ma lo fanno guardando in basso. Perché le formiche corrono sul filo? Perché quella pianta spontanea nasce in quel punto esatto della parete di roccia? Perché i codibugnoli volano tutti insieme sul biancospino?

L'aspirante poeta si interroga su argomenti generali, il naturalista sul dettaglio. La genericità delle "grandi" parole, dei "grandi" sentimenti, di solito non conduce da nessuna parte. È un po' come gridare in un salone dall'acustica pessima, stando in piedi su una sedia. A cosa serve? L'osservazione attenta di ciò che ci circonda, invece, è simile a un dedalo di sentieri. Non so dove devo andare, ma li imbocco lo stesso perché sono curioso, perché voglio sapere. Perché il mistero non sta nell'azzurrino del cielo ma nel profondo di me stesso.

Il bianco e il nero sono i colori-non colori più distanti tra loro. Dire "bianco" e "nero" rimanda infatti a due opposti difficilmente conciliabili. Eppure, nel famosissimo simbolo del Tao, il nero contiene l'origine del bianco e viceversa. Non si mescolano, non diventano grigio. Semplicemente si generano a vicenda.

Come faccio a stupirmi del grande se non conosco il piccolo, da cui il grande trae origine?

Con gli anni mi sono spesso trovata a pensare che la mia mente da naturalista – il piccolo fuoco della precisione – abbia dato un importante contributo al grande fuoco della letteratura. L'immagine che ho sempre in mente è quella di un fiume che si divide in due rami in prossimità dell'estuario. Uno è quello della tecnica, l'altro è quello delle domande.

Il primo fiume da imboccare è sicuramente quello della tecnica. Nessuno si sognerebbe di fare il concertista senza aver passato lunghi anni incollato al pianoforte ad esercitarsi. Scrivere un libro, una poesia, invece sembra alla portata di tutti, tranne che degli analfabeti. Le parole fluiscono nella testa perché mai non dovrebbero fluire, con la stessa facilità, sulla carta? E infatti lo fanno docilmente, riempiendo risme e risme di fogli. Ma questi fogli, di solito, non arrivano al cuore di nessuno se non a quello della persona che li ha scritti che, spesso, è già piuttosto innamorata di se stessa.

Una scrittura consapevole vive ancorata alla precisione del dettaglio. Un dettaglio che non è maniacale elencazione, ma ricerca della verità in ogni situazione. Io voglio sapere perché le formiche in quelle date condizioni corrono sul filo. Non esalto la loro titanica lotta per la sopravvivenza, né inorridisco davanti alla dittatura del formicaio. Semplicemente le guardo correre e mi domando: Perché? Non c'è nessun occhiale sul mio naso se non quello della curiosità. Ho visto iniziare una storia e voglio capirne la ragione.

I primi oggetti a catturare la mia attenzione nell'infanzia sono stati i sassi. Non so perché, forse perché, camminando, li trovavo spesso tra i piedi. O forse perché, dei tre regni, il minerale è quello fondamentale, ciò che sostiene tutto il resto.

Camminavo e raccoglievo. Raccoglievo senza alcun discernimento. Sui marciapiedi sporchi, afferravo pezzi di coccio e bitume ormai secco. In riva al mare la gioia era molto più grande: lì i sassi erano veri e tutti arrotondati. La levigatura della superficie metteva in risalto le venature più nascoste. Ce ne erano di verdi, di rosse, di giallastre, di bianche trasparenti come diamanti. E poi c'era anche la meraviglia dei vetri colorati. Vere e proprie pietre preziose scaraventate lì dal moto perpetuo delle onde. Per quale ragione, mi chiedevo, la sabbia su cui mettiamo i piedi non è uniforme e monotona come l'asfalto della strada? Da dove vengono quei colori, quelle forme, chi li ha fatti? E soprattutto, perché?

Mettevo tutti i sassi in una scatola. Era il mio tesoro. Appena possibile, vi infilavo le mani come Creso con i suoi gioielli. Li levigavo, li ruotavo davanti alla luce come fanno i maghi quando, per scoprire il futuro, scrutano le sfere di cristallo.

Ho avuto un'infanzia cittadina. Mi svegliavo in mezzo al cemento e andavo a scuola attraversando il cemento. L'unica natura che mi era dato conoscere erano i bossi polverosi e maleodoranti di qualche giardinetto, i piccioni che tubavano sui balconi, lordando ogni cosa, le formiche che, da qualche misteriosa fessura, invadevano la cucina.

La natura non era intorno a me, ma dentro

di me. Mi mancava. Mi sentivo come un animale a cui avessero strappato un arto. Non sapevo quale, ma uno sicuramente importante. Non era un organo che servisse a mangiare, a dormire, a respirare, ma piuttosto a prendere una direzione e a percorrerla fino in fondo. La sintonia con l'universo degli umani era piuttosto scarsa. Intorno a me si parlava una lingua che non riuscivo a capire. Intuivo invece che le foglie, i colombi e i cani avevano da dirmi qualcosa di importante.

La delusione nei confronti degli adulti era anche questa. Se io chiedevo, indicando un merlo: Cos'è questo?, mi veniva risposto: È un uccello. Ricevevo la stessa risposta se indicavo un passero. Uguale sorte toccava agli alberi. Il tiglio e la quercia erano soltanto dei tronchi con delle fronde e i sassi solo sassi. Quando erano più grandi diventavano pietre e questo era tutto.

In classe eravamo trenta, solo bambine, così come gli alberi sono solo alberi. Però io avevo le orecchie a sventola, ero bionda e mi chiamavo Susanna; la mia compagna di banco era scura, con orecchie piccole e graziose, e si chiamava Fiorella.

Perché allora gli alberi non avevano un nome? Perché non ce l'avevano gli uccelli? Che cosa voleva dire, insomma, non avere un nome?

Quando ero ancora alle elementari ricevetti, per non so quale compleanno, due grandi volumi sulla vita degli animali. Si trattava di un classico della storia naturale dell'Ottocento tedesco, il Brehm.

Quando ripenso a quel libro, non lo vedo come un libro ma come una zattera. Su quella zattera sono salita e mi ci sono aggrappata per attraversare le acque insicure dell'infanzia. Lì c'erano tutti i nomi. I nomi di animali che avevo già visto e i nomi di animali che neppure immaginavo esistessero. Purtroppo non c'erano foto ma solo pochi disegni – per lo più in bianco e nero e piuttosto brutti – ma già da quelli avevo cominciato a capire che sulla terra c'erano molti più animali di quelli che potessi immaginare. Il numero delle forme viventi elencato lì dentro era straordinariamente alto e di natura straordinariamente differente.

Vedevo davanti a me le foreste del Madagascar immerse nel buio della notte e i grandi occhi dei lemuri vaganti silenziosi tra le liane. Vedevo le acque limacciose e pigre del Rio delle Amazzoni popolate di piraña in attesa di sciabolare i loro denti. Sentivo sulla mia pelle il freddo delle Ande, fissando i condor roteare contro un cielo terso.

Non c'era nessun animale che mi facesse schifo o orrore. Non i serpenti, né i ragni, né i topi. Ho adorato da sempre i pipistrelli. Mi facevano compagnia nelle mie notti insonni di bambina. Sentivo, fuori dalla finestra, il loro sibilo breve, intermittente. Ormai sapevo che fischiavano non per chiamarsi, ma per schivare gli oggetti. Era un suono strano, diverso per frequenza da tutti gli altri. Bisognava essere abili per sentirlo tra una macchina e l'altra, tra un autobus e l'altro. *Chi? Chi? Chi?*, ripetevano fino alle prime luci dell'alba.

"Chi" e "perché" somigliano ad una palla da tennis che urta contro la rete e poi torna indietro. Chi e perché? Sembra di poter andare avanti per sempre senza mai vincere la partita.

Eccoci arrivati al secondo ramo dell'estuario. Quello delle domande. Nel primo c'era la tecnica. Osservare, descrivere, memorizzare. Ma la tecnica, se applicata da sola, facilmente diventa un mostro o si risolve in nulla. Per avere un senso ha bisogno di fondersi con un flusso più grande, quello delle domande.

Se questa è la forma, da dove viene? È sorta dal nulla o prima di lei esistevano altre forme? Perché proprio lei e non un'altra? Perché qui e non là, con questo colore e non con quello? Con un becco corto e non lungo?

Nelle scuole degli anni Sessanta, non si parlava ai bambini di Darwin e della teoria dell'evoluzione. Gi animali e le piante stavano lì e basta. Qualche notizia in più si poteva avere nell'ora di religione. La varietà dei viventi, assieme alla luce e alle stelle, era stata estratta dal buio in soli sei giorni.

Adesso sembrerebbe un orrore negare ai bambini il sapere della scienza, sostituire la razionalità del pensiero con favole ambientate nell'irrealtà. Invece io sono grata a quella temporanea ignoranza perché mi ha permesso per anni di vedere il mondo non come una grande ed efficiente azienda, in cui i più bravi e i più meritevoli fanno carriera, ma come il concretarsi del sogno di un Prestigiatore straordinariamente fantasioso.

Dal buio assoluto, l'improvviso esistere delle cose.

La poesia, il fascino, il mistero nascono da quest'immagine, non dall'idea di un avanzamento di carriera ottenuto per ripetuti tentativi ed errori. Provo così: se non funziona, provo cosà. Prima o poi, succederà qualcosa che manderà i miei figli più avanti degli altri. Perché lo scopo della vita sembra essere soltanto questo. Sparare il proprio patrimonio genetico più in là possibile nell'evoluzione del tempo, arrivare prima degli altri.

Per anni ho desiderato un cane *beagle*. Non perché mi piacesse la razza, ma perché così si chiamava il brigantino con cui Charles Darwin partì per le sue fondamentali esplorazioni del mondo. Crescendo, ho lasciato il mondo del Prestigiatore per approdare a quello dei fringuelli delle Galapagos. Sette becchi per sette funzioni diverse. Mi piaceva tutto di Darwin, il rifiuto di finire gli studi per seguire la sua vocazione, il suo essere un dilettante che scopre cose da sempre nascoste agli altri, la gratitudine verso i genitori che con l'agio delle loro finanze gli avevano, nonostante tutto, permesso di andare in giro per il mondo a cercare di scoprire perché mai il toporagno è il toporagno, e l'elefante è l'elefante.

Gli ero grata per la curiosità e la volontà caparbia di soddisfarla. Scoprire che ogni essere vivente, prima di essere quello che vedevo, era stato qualcos'altro, aveva fatto irrompere in me un nuovo lavorio di immaginazione. Conservo tuttora nella mia biblioteca diversi libri di paleontologia che risalgono a quel periodo, insieme a una scatola con alcuni fossili raccolti nel corso degli anni.

Dalla fine degli anni Settanta alle elementari non si spiegava più, come negli anni Sessanta, la vita sulla terra partendo dai tre regni sovrapposti – minerale, vegetale e animale, con l'uomo in bilico sulla scomodità del vertice – ma con il cammino progressivo dell'evoluzione. Le maestre lo insegnavano con la stessa sicurezza con cui spiegavano la breve ma intensa attività del Creatore. Mi è capitato di sentir dire: «Bambini, l'uomo, nel corso dei millenni, è venuto fuori dalla scimmia. Abbiamo le prove scientifiche. Poi (sospiro di sufficienza), ci sono le persone che vanno in chiesa e sono convinte che il mondo sia stato fatto in una settimana. Anzi, in sei giorni, perché il settimo Dio era stanco».

Chi? Chi? Chi? squittivano i pipistrelli davanti alle mie finestre.

Chi ha fatto le leggi che permettono la costituzione dei sistemi cristallini, dell'isometrico, dell'ortorombico, del monoclino?

Chi ha fissato il numero degli elementi e il modo in cui si legano gli uni agli altri? Chi ha insegnato ai liquidi a muoversi in un modo e ai gas in un altro? Chi ha inventato le energie che producono la gravità?

Soltanto alcuni gruppi di fanatici ormai credono che il racconto della Bibbia sia una rappresentazione letterale. Per gli altri la questione è molto più sottile. Non si tratta del fango che si trasforma in scimmia e quindi in uomo, ma delle leggi che hanno composto la manciata di terra, che hanno dato vita alle nubi che hanno fatto precipitare l'acqua. Acqua che, mischiandosi alla terra, ha formato il fango che, a sua volta, ha dato vita anche alla scimmia. Perché la vita è nata proprio dal fango e dall'acqua. E quando il nostro corpo si dissolve non è nient'altro che questo. Acqua e minerali. Gustoso nutrimento per le larve dei necrofori.

"Per quali vie si espande la luce?" si legge in Giobbe. "Ha forse un padre la pioggia? Chi mette al mondo le gocce di rugiada? Dal seno di chi è uscito il ghiaccio e la brina del cielo chi l'ha generata? Come pietra le acque induriscono e la faccia dell'abisso si raggela." (Giobbe 38, 24-28-30)

Chissà, se non avessi avuto la passione per le scienze naturali, forse nella mia vita non avrei mai incontrato la filosofia e la teologia.

Presi nella loro asetticità, i libri di queste discipline mi danno un lieve senso di soffocamento, di capogiro. Un po' come quando fa caldo e si viaggia sui sedili posteriori di una corriera di montagna, la giornata è bella, il paesaggio altrettanto, ma si sente salire comunque un senso di nausea.

Di cosa parlano questi libri? Di argomenti invisibili, di cose mai viste, mai toccate, mai sentite, mai odorate. L'*immanenza*, la *trascendenza*, il *noumeno*, l'*essere in sé*, l'*apriori*. Tutti concetti senza forma né dimensione. Concetti bolla di sapone, affascinanti e luminosissimi, perfetti nel mantenere la tensione superficiale, ma fragilissimi, pronti a svanire al primo contatto con un oggetto solido o con una corrente d'aria più intensa. *Pop, pluf, pop*. L'immanenza non c'è più. Non l'avevo mai annusata né vista. Non c'è più e non riesco a dispiacermi. Che inquietudine interiore posso provare per una bolla di sapone? In che modo può rendere insonni le mie notti? In nessuno.

Provo invece una grande inquietudine osservando i necrofori o i collemboli, loro amici. "Al sepolcro io grido, «padre mio sei tu!» E ai vermi: «madre mia e sorelle mie, voi siete!» (Giobbe 17,14) così si lamenta Giobbe nella sua protesta. Così ripete ogni uomo quando il lume della ragione e della consapevolezza fa irruzione nei suoi pensieri. Se la vita esiste, perché deve finire? Che senso ha vivere, se siamo solo futuro nutrimento per le larve dei collemboli?

"I nostri cari ci volano sempre intorno", ho letto tempo fa, nel libro di un naturalista dell'Ottocento. "Sono le grandi mosche dorate che si sono nutrite delle loro carni."

Macabro? Irriverente? No, semplicemente concreto. Questo è il dato di fatto. Sta a noi, poi, alla nostra capacità di riflettere, modificare questa constatazione in qualcosa di più ampio. Non è la trascendenza a spingerci in avanti, o ricacciarci indietro, ma una larva bianca e grassoccia.

Dico "indietro" perché negli anni ho conosciuto molte persone che si sono fatte letteralmente paralizzare da questo pensiero. Se dobbiamo tutti salire su un treno che non sappiamo quando arriverà, né su quale binario, cosa ci agitiamo a fare? Meglio stare fermi, e aspettare che il nostro tempo passi. Ma il treno non arriva e allora dobbiamo ingannare l'attesa, magari sfogliamo una rivista, spiamo gli altri passeggeri, fissiamo le lancette dell'orologio,

mangiamo qualcosa, sbuffando: «Che noia!».
Poi, finalmente l'altoparlante ci chiama. Ecco, è arrivato il nostro turno. Che liberazione!
Arrivederci, arrivederci a tutti!

Molte vite sono vite di paura, di ansia e, dunque, d'attesa. Ma una vita d'attesa è una vita che nega il suo stesso principio. Perché la vita, nella sua realtà fisica, è, prima di tutto, trasformazione, movimento. All'interno del nostro corpo, ogni minuto avvengono milioni di processi biochimici che ci tengono in vita. Basta che se ne interrompa uno solo per scivolare rapidamente verso il mondo delle larve.

Anche intorno a noi avvengono costanti cambiamenti. Nell'aria che respiriamo, nel geranio che stiamo annaffiando, nel bambino a cui stiamo stringendo la mano, nelle foglie dell'albero e nella linfa che scorre lungo il tronco del pioppo sotto cui stiamo passando. La terra ruota su se stessa e intorno al sole e sulla terra gira, corre, salta, striscia, nuota, vola e rotola un'infinità di forme viventi. Forme di tutti i livelli, dai protozoi agli elefanti. E dentro ad ogni forma, c'è un brulichio di movimenti. La fisica e la chimica applicano tutte le loro leggi e proprietà – probabilmente anche leggi e proprietà che ancora non conosciamo – per reggere in vita noi e l'universo che ci sta intorno.

Solo i sassi stanno fermi e contemplano il mondo, mantengono fisso lo spazio tra le loro molecole, come al primo istante e per sempre.

Negli ultimi due decenni, nel mondo occidentale, è nato un movimento di pensiero piuttosto diffuso, che io definisco "il sentimentalismo della natura". In cosa consiste? Consiste nell'amare la natura e nel difenderla, senza avere la minima idea di cosa veramente essa sia.

È abbastanza normale che succeda così. La maggior parte di noi vive un'esistenza che è il massimo dell'innaturalità, così si arriva a rimpiangere quello che non si ha più. Si può alzare lo sguardo e, nello spicchio di cielo tra i palazzi, scorgere il volo di un gabbiano o di un balestruccio, abbassarlo su un'aiuola e vedere qualche farfalla striminzita e questo è tutto. Si tratta di forme di vita miti, graziose e inoffensive. Forme che possono indurci a credere che la natura sia un mondo di pace e innocenza, opposta alla cieca brutalità dell'uomo. Si scambia, insomma, la parte – una minuscola parte – per la totalità.

Basterebbe andare sotto, nelle fogne, a vedere la vita competitiva dei ratti, per rendersi conto che la natura non è affatto un idillio. O scendere ancora più in basso, nello spaventoso mondo degli insetti, dove ogni incubo più paranoico e folle diventa una precisa legge di natura.

La natura non è un eterno tramonto dorato, dove i delfini argentati si tuffano tra i flutti, gli elefanti camminano tenendosi per la proboscide, le farfalle si posano sui fiori e i fiori le ringraziano. L'amore generico per la natura, come la poesia generica, non porta da nessuna parte.

Il mondo intorno a noi è in realtà un'arena. Un'arena dove si combatte in tutti i modi possibili per riuscire a sopraffarsi reciprocamente. È un mondo fatto di pungiglioni, di artigli, di zanne, di denti, di aculei, di rostri, di mandibole, di corazze, di mimetismi, di inganni e di trappole.

Un mondo in cui non è possibile distrarsi neppure per un istante, né abbassare la guardia.

Ecco, siamo ancora nel fiume delle domande.

Il Chi qui ci serve poco. Quello che abbiamo davanti è un Perché. Un Perché grande come una decina di cattedrali, così grande da oscurare il cielo, da nasconderlo.

Perché i rostri, le zanne, perché i mari di sangue e le ossa che scricchiolano tra mandibole come il sale sotto le scarpe? Perché i terremoti e le esplosioni dei vulcani? Perché la divisione tra inseguitori e inseguiti, predatori e predati, parassiti e infestati? Perché i virus? Perché l'uomo che, appena può, alza la mano e diventa Caino?

Il perché del male è un lago in cui più o meno tutti sono annegati. I teologi si sono arrampicati su ogni parete che offriva loro un appiglio, e così i filosofi. Sono state scritte intere enciclopedie per spiegare – e dunque rendere accettabile – la presenza della tragicità nel mondo.

Tuttavia il problema è sempre lì, insoluto.

Naturalmente si tratta di un problema che investe soprattutto la sfera religiosa. In un mondo creato dal caso, infatti, il male si manifesta soltanto come una forma dolorosa di necessità. Ma se invece l'universo è frutto della volontà di un Creatore, come si può spiegare questo ordine di cose? Come fa ad essere buono, visto che ama vedere le sue creature sbranarsi tra loro? O forse è buono davvero, ma è debole o distratto. Forse somiglia a un cuoco pasticcione che, mentre impasta la torta, guarda da un'altra parte, così l'assistente perfido ha modo di lasciar cadere un ingrediente che non c'entra affatto.

Se è davvero onnipotente, non poteva immaginare il mondo come un enorme alpeggio popolato di giovenche e pecore, caprette e coniglietti, farfalle e coleotteri, tutti strettamente vegetariani?

Che bisogno c'era che, dal suo cappello magico, l'evoluzione tirasse fuori a un tratto la mandibola, la zanna, l'artiglio e la sete di sangue? Non bastava la purezza dell'acqua a dissetare le creature del mondo? Che bisogno c'era che le carne divorasse la carne? Che bisogno c'era dei buchi neri che fanno sparire con la stessa ingordigia lo spazio e il tempo?

101

Che bisogno c'era dell'entropia? Ed è davvero l'entropia a guidare il futuro dell'universo? O esiste qualche forza che ancora non siamo stati in grado di capire? Fino a che punto la scienza può spiegare le cose che accadono, le cose che sono accadute?

Per una parte della mia vita, come ho già detto, ho girato documentari di tipo naturalistico, l'ho fatto perché, prima di scrivere, quello era il mio mestiere, un mestiere scelto per passione. Non posso negare però che, con gli anni, l'entusiasmo si è trasformato in insoddisfazione. La stessa insoddisfazione – se non rabbia – che spesso provo quando vedo, in televisione, documentari sugli animali.

Darwin era un uomo di genio e, come tutti gli uomini di genio, è riuscito ad aprire uno spiraglio sul mistero. L'apertura sul mistero richiede sempre un alto livello di immaginazione, unito all'assenza di rigidità mentale. Di solito i seguaci di un uomo di genio agiscono in senso opposto, strutturano rigidamente e trasformano in dogma quella che era un'intuizione della verità.

Per vivere nella sua pienezza, la verità deve "sposarsi" con la libertà. Quando si sposa con il dogma, diventa un -ismo, cioè un' ideologia autoreferente e autogiustificante che non solo non va da nessuna parte, ma impedisce anche agli altri di progredire.

Così il darwinismo è diventato un grande schedario ordinato, ogni scheda al suo posto. Non c'è un cassetto vuoto né un foglietto che svolazza. Tutto è rigidamente nominato, catalogato, organizzato. Non ci sono domande che non hanno risposta perché non ci possono essere. Il sistema è perfetto. Quando la risposta non è immediata, la si allunga e la si allarga come la pasta della pizza fino a che riesce comunque a coprire il piatto.

Da dove nasceva la mia insofferenza nel fare i documentari? Dal fatto che tutto era già stabilito, come nello schedario. Non c'era spazio per la sorpresa, la meraviglia, il dubbio. Davanti a me c'era una macchina – l'animale – e di questa macchina sapevo già tutto, cosa avrebbe fatto e come l'avrebbe fatto e perché l'avrebbe fatto. Sapevo perché viveva e perché, alla fine, sarebbe morto. L'animale esisteva non come creatura portatrice della bellezza e del mistero, ma come dimostrazione di un teorema.

Basta guardare uno qualsiasi dei documentari che vengono trasmessi in televisione per rendersi conto che questa visione è imperante. Personalmente li ritengo diseducativi e perciò sconsiglio sempre di farli vedere in gran numero ai bambini.

Perché sono diseducativi? Perché insegnano il dogma del neodarwinismo. Il mondo è dei più forti. Il destino degli altri – dei non adatti – è di soccombere. Ed è giusto che sia così, perché è "una legge di natura". E la natura conosce la verità del mondo.

Ma siamo proprio sicuri che sia una verità di natura? O non è piuttosto un comodo cannocchiale che usiamo per vedere soltanto lo spicchio di realtà che ci fa comodo vedere? Abbiamo deciso quale è la verità e dunque puntiamo il cannocchiale nel punto esatto dove siamo certi di vederla. Che cosa succeda a destra, a sinistra, sopra, sotto il nostro campo visivo non ci riguarda. Non ci riguarda perché siamo pigri, perché abbiamo paura, perché è comodo vedere le cose sempre nello stesso modo.

Il fattore che mi ha fatto intuire la fragilità della selezione naturale è la bellezza. Le straordinarie tinte e le straordinarie forme delle creature viventi hanno – o dovrebbero avere – principalmente due funzioni. Favorire l'accoppiamento ed evitare la predazione.

Quello che, a uno sguardo ingenuo, appare un dono di gratuita bellezza, è per la maggior parte degli scienziati soltanto una strategia per favorire l'affermarsi di una specie.

Ma io voglio essere ingenua, perché l'ingenuità è l'assenza di schemi. E così, quando penso alle sfumature del capo di una gru coronata, alle chiassose livree dei pesci della barriera corallina, a quei piccoli smeraldi volanti che sono i colibrì, penso a una bellezza che agisce non per utilità ma per un sovrappiù di energia e di grazia offerto ai nostri sguardi.

Il principio della sopravvivenza spiega un gran numero di cose ma non le spiega tutte. Secondo la selezione naturale, nel caso del mimetismo, ad esempio, due specie si incontrano nello stesso biotopo, una non è commestibile per i predatori, l'altra sì. Le modificazioni successive, da quella che è commestibile verso quella che non lo è, vengono via via premiate dalla legge darwiniana fino alla creazione di un "clone" del modello, privo di rischi.

È così?

È così, ma anche non è così. Perché esistono casi in cui l'imitatore e l'imitato sono entrambi commestibili e altri casi in cui il modello non commestibile e il suo seguace vivono in biotopi completamente diversi. In più, queste identità di livrea possono manifestarsi anche tra specie geograficamente lontane.

E che dire poi del fantasioso mondo della riproduzione?

Se la natura è così realisticamente concreta – il massimo risultato con il minimo spreco – perché esiste la laboriosissima fecondazione delle orchidee e quella elementare dei noccioli a cui basta un po' di vento che scuote gli amenti?

Perché le blatte e i collemboli, che hanno lo stessa diffusione terrestre, si riproducono in modi così clamorosamente diversi? Non bastava un sistema per tutti, cioè il più elementare, quello delle blatte che copulano con la stessa banalità con cui copulano i mammiferi?

Chi conosce appena un po' di biologia ed etologia si rende conto subito che una delle realtà innegabili è quella della straordinaria ricchezza inventiva della natura.

E l'ambiente non gioca il ruolo punitivo del grande selettore. È piuttosto una nonna indulgente che lascia fare quasi tutto ai suoi bambini. La talpa, ad esempio, è il risultato di un tipico adattamento alla vita sotterranea. Possiede zampe ricurve che le permettono di scavare ovunque. La stessa cosa succede al grillotalpa che è un insetto, ma ha sviluppato lo stesso metodo di scavo. Se l'ambiente fosse davvero un censore, la talpa e il grillotalpa sarebbero gli unici in grado di popolare il sottosuolo in quanto più adatti. Il sottosuolo invece è pieno di altre forme di vita strutturalmente diverse. È pieno di bisce, di orbettini, di formiche, di topi che non hanno zampe ma piccole manine rosa più simili a quelle dello scoiattolo che non scava e si lancia a volo dalle più alte fronde.

C'è insomma una straordinaria vitalità inventiva nella natura e questa vitalità pone tante domande. Domande che non possono sempre essere chiuse, per il quieto vivere, nello schedario di ciò che siamo convinti di sapere.

La natura non è un meccanismo così come l'animale non è una macchina e noi non siamo soltanto scimmie a cui è caduto il pelo e che hanno imparato ad usare la lingua e le mani. C'è un mistero in noi e nel mondo che ci circonda e questo mistero esige, prima di ogni altra cosa, stupore e umiltà.

È un mistero, non un tabù o un dogma. E dunque esige anche domande, tante domande. Le domande della curiosità e le domande dell'inquietudine, le domande dell'estuario. Quelle che ci fanno capire chi siamo e dove stiamo andando.

Sono partita dal chiedermi perché le formiche corrono sul filo – una domanda a cui non so rispondere – e sono arrivata alle talpe e ai topi – e anche a questo non so dare una risposta. Tra le formiche e le talpe sono sorte moltissime altre domande, domande gigantesche, opprimenti, devastanti nella loro ripetuta banalità.

Perché le formiche corrono? Perché i collemboli non copulano ma depongono una spermateca che è poi presa dalla femmina? Perché esistono i denti, gli artigli? Perché il sangue è delizioso invece di essere un imbevibile veleno? Perché esistono le orchidee, perché le inutili code dei pavoni e quelle degli uccelli del paradiso?

Perché e chi?

Chi ha fatto tutto questo, chi si diverte, si annoia o è indifferente davanti a questo spettacolo terribile e meraviglioso che si svolge su un piccolo pianeta da centinaia di milioni di anni a questa parte?

Chi e perché? Ma intanto noi siamo qui. Ci svegliamo ogni giorno sotto i raggi di quella grande stella che brucia idrogeno e andiamo avanti. Anche i nostri figli andranno avanti, ma fino a quando? Fino a quando brucerà la stella o molto meno?

Sempre più spesso, camminando tra i prati soprattutto in primavera, mi capita di trovare delle talpe morte. Non hanno ferite né segni di malattie. Sembrano piuttosto subacquei che sono stati in apnea troppo a lungo, arrivano in superficie con la bocca spalancata, come se gridassero "aria"! Passeggio e raccolgo corpicini di talpe invece di fiori e mi chiedo perché.

So rispondere senza esitazione: le talpe muoiono avvelenate. Quando vediamo l'erba ingiallire nei campi e non è autunno e non c'è siccità, quando l'erba, invece che giallo paglia, diventa arancio, vuol dire che è stato gettato in abbondanza del diserbante. Il veleno, infiltrandosi nelle radici, ha avvelenato la terra e tutto ciò che nella terra vive: gli insetti, i lombrichi, le larve e naturalmente, le talpe. Aiuto! gridano le talpe uscendo, Aiuto!

L'evoluzione aveva previsto tutto, ma non certo di dotare le talpe di una maschera antigas, di polmoni e di fegati di ricambio.

Aiuto chiedono le talpe, ma a chi lo chiedono?

Non ho, per natura, un carattere ottimista. Il passare degli anni e tutto ciò che accade intorno a me non hanno certo provveduto a migliorarlo. Quando ripenso alla storia di questo ultimo secolo, provo un certo conforto nel non aver generato figli. Questo tempo fa paura, e fa ancora più paura il tempo che verrà.

Per millenni l'essere umano e il progresso tecnologico hanno trotterellato con una certa costanza, l'uno accanto all'altro. Poi, in poco più di cento anni, c'è stato un vertiginoso balzo in avanti, la scienza e la tecnica sono andate oltre l'orizzonte e noi siamo rimasti fermi su un gradino, a giocare a dadi.

Potremmo ancora indossare le calzamaglie del Rinascimento o il peplo dei Romani perché l'evoluzione culturale è stata microscopica da allora, anche se, per uccidere, non dobbiamo più gettarci nella mischia brandendo il gladio. Ci basta stare seduti e premere un pulsante o semplicemente irrorare i campi con i diserbanti. In noi agisce ancora il cervello rettiliano e, nei nostri comportamenti quotidiani, non siamo molto lontani dai primati. Gridiamo d'istinto davanti ad un serpente, formiamo dei branchi e, con la forza del branco, andiamo avanti.

L'evoluzione interiore dell'uomo, l'evoluzione della consapevolezza che caratterizza – o dovrebbe caratterizzare – il nostro essere, è stata pressoché nulla. Le religioni, invece di vivificarsi con il soffio dello Spirito, si sono divise in fanatismi sterili e violenti – il mio dio è migliore del tuo, il mio è vero e il tuo no – e hanno prodotto, nei millenni, decine di milioni di morti innocenti.

Era questa la volontà dell'Onnipotente? È per questo che si è rivelato tramite suo Figlio? Perché i prati fossero bagnati dalla pioggia e dal sangue? E siamo davvero solo noi e Lui nell'universo? La nostra anima e i nostri peccati da una parte e il suo sguardo indagatore dall'altra? E allora l'ipotetico Aldilà come dovrebbe essere? Un grande spazio piastrellato, bianco e odoroso di disinfettanti, e noi di fronte all'Onnipotente come degli estranei in ascensore che non sanno che dirsi? Noi che, con l'animo di un diligente commerciante, per tutta l'esistenza abbiamo tenuto conto delle nostre debolezze, delle nostre mancanze e gli offriamo la nostra anima come un lenzuolo ben piegato, dicendo: «Perdona le nostre ombre che non sono poi molte...».

E se Lui, invece di dire magnanimamente: «Ti sono perdonate», rispondesse con un'altra domanda? Se la sua voce di tempesta scivolasse come un turbine sulle piastrelle bianche tuonando: «Perché sei solo? Dov'è lo splendore del mondo che ti avevo affidato?». Allora non potremmo più tornare indietro a prendere ciò che abbiamo dimenticato e forse sarebbe meglio, perché ciò che porteremmo al suo cospetto non sarebbe più un giardino, ma un cassonetto colmo di immondizia.

Che cosa potremmo rispondere? Il mondo

l'ho usato e gettato perché così mi era stato detto di fare? Perché l'uomo è la sola creatura che ci sta a cuore e tutto il resto è solo un'utile e graziosa scenografia?

Quanta stupidità, quanta cecità, quanta ignoranza nei confronti del mondo naturale! E sono questa stupidità e questa ignoranza che ci hanno condotti ora alle soglie della follia, della distruzione totale!

Quanta straordinaria ottusità da parte della Chiesa che, proprio nel nome di Cristo, dell'*alfa* e dell'*omega*, avrebbe dovuto far nascere e lievitare ovunque il principio della condivisione e della responsabilità!

Non si rivive forse il dramma di Cristo nel mistero, nella morte violenta di ogni creatura, nello sguardo sbarrato dell'ultimo istante che si volge verso l'alto e chiede: Perché?

Le fiere delle steppe e tutti i volatili del Cielo non sono stati modellati dalla terra così com'è stato modellato Adamo?

E non è forse Adamo, nella Genesi, a dare un nome a tutte le creature? Perché non lo fa direttamente l'Onnipotente? Tutti i nomi e tutte le forme non erano già dentro di Lui? E allora, perché ha dato all'uomo questa responsabilità? Che cosa facciamo noi quando nasce un figlio? Non gli diamo forse un nome? E non hanno un nome i nostri genitori, i nostri nonni, i nostri fratelli?

Dare un nome vuol dire condividere un cammino di comunione, di responsabilità.

Lo sguardo dell'animale ci interroga. C'è paura nei suoi occhi, terrore. Non eravamo noi, fatti a immagine e somiglianza del Creatore, a doverci prendere cura di loro? Per quale motivo abbiamo tradito la vocazione di fratelli? Perché abbiamo esercitato – ed esercitiamo – ogni forma di violenza, di sadismo e di crudeltà? A chi abbiamo prestato il nostro volto? I nostri fratelli minori gridano la loro disperazione, il loro terrore. I loro lamenti non sono molto diversi dalle trombe dell'Apocalisse.

Assassinando la natura, assassiniamo noi stessi. Ci assassiniamo perché ben presto mancheranno le risorse per vivere. Mancherà l'aria, mancheranno la pioggia e l'acqua. Nella nostra presunta superiorità ci crediamo gli unici degni di vivere. Senza ricordare che noi siamo quello che siamo perché un giorno gli aminoacidi si sono raccolti in catene, perché si sono formate le cellule e un batterio, infilandosi nella cellula, è diventato un mitocondrio. È successo così per tutti: per il protozoo, per l'alga unicellulare e per tutte le forme di vita che ci hanno preceduto.

Al nostro interno giace la memoria di ogni forma evolutiva precedente e anche la memoria di ciò che non è mai stato vivo. Dentro di noi sognano anche il sasso, la terra, la sabbia. Perché il sasso, la terra, la sabbia sono stati la piattaforma da cui si è lanciata la vita.

Come si può essere così distratti da pensare che la redenzione e la salvezza si compiano soltanto nell'uomo!

Si salverà tutta la creazione oppure non si salverà neanche l'uomo. Non resterà solo a custodire un palazzo ormai vuoto.

"In verità vi dico: tutti i peccati saranno perdonati ai figli degli uomini e anche tutte le bestemmie che diranno; ma chi avrà bestemmiato contro lo Spirito Santo non avrà perdono in eterno." (Marco 3, 28-29)

Parole chiare, luminosissime, ma trattate nei secoli come le cartacce lasciate da una gita scolastica. Calpestate, trascinate, lasciate marcire sotto il fango e la pioggia.

Lo Spirito Santo non è una colombina che svolazza senza meta, è lo spirito della vita. Lo spirito che dà la vita, ogni vita. È l'emanazione della Sapienza dell'Onnipotente. Quella sapienza che la Bibbia chiama "artefice di tutte le cose". (Sapienza 7, 21)

Come ci ha portato lontano il filo delle formiche!

Dal filo siamo finiti nel fiume e ne abbiamo percorso l'estuario. Un braccio era piccolo – quello della tecnica – e l'altro – quello delle domande – più grande. Ma i fiumi alla fine si gettano sempre in mare e il mare li accoglie stemperando nelle sue acque salate le loro acque dolci.

Il percorso delle interrogazioni non porta a indietreggiare, ma ad avanzare. Di domanda in domanda, lentamente intravvedo un nuovo orizzonte. Non ho paura e dunque proseguo. Nel cammino, mi accorgo che poco a poco qualcosa di me sta cambiando. Vedo ciò che non vedevo. Ciò che mi attirava non mi attira più. Dove sto andando? Sto andando verso il mare. Non l'Adriatico o il Tirreno, ma il mare della sapienza.

L'irruzione della sapienza è l'incontro che ogni uomo deve fare con la verità della sua vita. La sapienza non dorme sepolta nelle biblioteche né viaggia nei convegni di filosofia e non è neppure una farfalla rarissima che vola tra parole pressoché incomprensibili.

Fuori piove e noi siamo in casa.

La sapienza ha lo sguardo stellante di un cane che sta lì e in silenzio aspetta di entrare.

Aspetta davanti ogni porta, davanti ogni vita perché "la moltitudine dei sapienti è la salvezza del mondo". (Sapienza 6, 24)

Indice

Finito di stampare nel mese di febbraio 2005 presso
il Nuovo Istituto Italiano d'Arti Grafiche - Bergamo
Printed in Italy